LE PETIT PRINCE CANNIBALE

DU MÊME AUTEUR

La Première Habitude, Jean-Jacques Pauvert, 1974 (grand prix des Lectrices de *Elle*) ; J'ai lu, 1992 et 2000 ; éditions du Rocher, 1999.
L'Or des chambres, Jean-Jacques Pauvert, 1976 ; J'ai lu, 1977 ; éditions du Rocher, 2002.
Le Bout du compte, Jean-Jacques Pauvert, 1977 ; J'ai lu, 1978.
Mortel azur, Mazarine, 1985 ; J'ai lu, 1992 et 2000.
Le Petit Prince cannibale, Actes Sud, 1990 ; J'ai lu, 1991 et 2001 ; Corps 16, 1992 (prix Goncourt des lycéens, 1990).
Blanche c'est moi, Actes Sud, 1993.
La Grosse, Actes Sud, 1994 ; Babel n° 434.
Hermine, Stock, 1994.
Surtout ne me dessine pas un mouton, Stock, 1995.
Un soir sans raison, éditions du Rocher, 1997.
Consigne des minutes heureuses, éditions du Rocher, 1998 ; J'ai lu, 2000 ; A vue d'œil, 2001.
Les Larmes d'André Hardellet, éditions du Rocher, 1998.
En nous des choses tues, éditions du Rocher, 2000.
Souliers d'automne, éditions du Rocher, 2000.
L'Offrande, éditions du Rocher, 2001.
Alma ou la Chute des feuilles, éditions du Rocher, 2003.
Se perdre avec les ombres, éditions du Rocher, 2004.

SUR L'AUTEUR

Pierre Perrin, *Les Caresses de l'absence chez Françoise Lefèvre*, éditions du Rocher, 1998.
Sabine Bourgois, *Une autre que moi*, K éditions, 2004.

ISBN 978-2-7427-5640-7

Illustration de couverture :
Mary Cassatt, *Mother's Kiss* (détail), 1891
The National Gallery of Art, Washington DC, USA

FRANÇOISE LEFÈVRE

LE PETIT PRINCE CANNIBALE

BABEL

A mon fils, Julien-Hugo.

A Rebecca
Solange Bourdin
Monique Petitjean, orthophoniste
Jean-Claude Petot, altiste
pour leur affectueuse présence.

– Qu'est-ce que signifie apprivoiser ?
– Ça signifie créer des liens.
Tu deviens responsable pour toujours
de ce que tu as apprivoisé.

ANTOINE DE SAINT-EXUPÉRY,
Le Petit Prince.

Voici des mois que j'appréhende de m'asseoir à la table de cette chambre, transformée en taudis depuis que j'y accumule des objets de brocante et de décharge. Je les regarde, les touche, les interroge, reculant ainsi l'heure d'écrire. Chacun m'est aussi précieux qu'un talisman qu'on serre dans sa poche pour le sauver de l'exode. Parfois j'attends qu'ils me soufflent les mots me dévoilant pourquoi j'ai ce sentiment si profondément ancré d'un *royaume perdu*. Je revois des images transparentes comme au travers d'une lampe allumée, les dessins clairs et ombrés d'une lithographie de porcelaine.

Dans ces journées d'écrivain, si peu joyeuses, tout me ramène à une vie antérieure où je n'ai jamais l'impression d'avoir été jeune. J'exhume des souvenirs dont je suis pour ainsi dire absente tant ils semblent s'être déroulés à mon insu. Je renoue avec les charmes d'un conte qui a passé. Est-ce cela vieillir ? Même dans ma petite enfance, je ne me souviens d'aucun moment léger, ni de réelle insouciance. Tout pesait gravement. Le temps s'enfuyait. Alors, dans la crainte de ne plus les revoir, je faisais des serments aux arbres, à la maison, au vent, à la nuit. Et à voix basse : – Je reviendrai… je reviendrai. – Tout prendre dans mes bras. Tout garder. Tout contenir. A qui dire ? A qui rapporter ? Avec qui partager l'air trop doux, l'odeur funèbre des marguerites, l'écho des trains que j'associais déjà à l'idée d'éloignement. De séparation. Comment contenir tout cela ? Les autres n'avaient pas, je le voyais bien, les mêmes préoccupations. Non, je ne me souviens d'aucun instant où le sentiment du bonheur, tel un poison, n'ait été aussi celui du bonheur *perdu*. Je pressentais que la vie serait faite d'arrachements. J'avais raison. Mes yeux n'arrivaient pas à la hauteur d'une table que le présent m'apparaissait solennel. Riez, riez, vous autres dans les prairies, les cuisines, les banquets. Ils sont fous de rire. D'un rien. Pour rien. Le menton sur la nappe, j'essayais de retenir pour toujours – comme j'aimais ce mot "toujours" – le voile d'organdi d'une communiante, l'améthyste au doigt d'une invitée, la peinture écaillée des chaises du jardin, le vol des guêpes autour des restes du repas, celui des hannetons qui tombaient lourdement dans un décolleté, sur la nappe, dans un verre ou s'accrochaient à une chevelure provoquant une panique légère et des cris. Je crois que les hannetons ont aujourd'hui disparu. Il y avait aussi la moiteur de l'air, l'odeur de transpiration dans les robes de fête, les boutons de manchettes, de gilets, de braguettes qui sautaient. Et sous leurs paupières demi-closes, abrutis de soleil et d'eau-de-vie, hommes et femmes rêvaient sans doute à de monstrueux accouplements. Je savais quelle hébétude poussait certains à se manier comme des singes derrière un bosquet et de quelle blessure ils gémissaient, bouche crispée sur le vide, quand s'enfuyait leur semence sous un ciel trop vaste et trop blanc. Par bouffées, le vent brûlant apportait des odeurs de sureaux, d'aubépines, des relents d'urine que j'ai toujours associés aux fins de banquets. Parfois des hommes éructaient. Je guettais l'expression secrète sur les visages de ces grandes personnes, me demandant ce qui les rendait soudainement si vulnérables. Je me sentais dépositaire d'une lumière sur une nuque, d'un rire, d'une larme vite écrasée, d'un regard que je n'aurais pas dû surprendre. Leur vie, n'était-elle faite que d'accommodements, de mensonges et pour certains de renoncements ?

Et moi, aujourd'hui, tissant cette toile de mots, qu'ai-je donc perdu ?

J'ai perdu des choses impalpables et secrètes. Légères comme un duvet d'oiseau en avril. Lourdes comme la glaise collant aux pieds du marcheur. J'ai perdu des choses qui n'entreraient dans aucune liste tant elles se dérobent, familières et cependant étrangères à moi-même. Impressions, souvenirs suspendus dont le fil se casse brusquement, faute de mémoire, je pense, mais aussi parce que ces captures si brèves n'ont pas seulement à voir avec le temps présent.

Ainsi, dans cette chambre souffle l'odeur d'un autre temps quand j'ouvre une armoire de couvent où draps, nappes, serviettes de table damassées à grandes bordures rouges, pliées depuis des siècles, exhalent la moisissure et le salpêtre des maisons restées trop d'hivers sans feu. Lavandes fanées où s'enchevêtrent des papillons morts, momifiés dans la toile d'une araignée qui guette encore sa proie. Une haleine de caveau exsude des draps gris. Des fantômes de blanchisseuses chuchotent. Je les vois dans leur corps astral, condamnées à répéter les gestes de leur vie. Elles vont et viennent portant des piles de linge qu'elles rangent sur les étagères. Je sens leur odeur de repasseuses et c'est pareil à un charme qui me tient et se mêle à ma vie réelle – que l'on dit réelle – mais que je sens m'échapper de plus en plus. Parfois, refermant l'armoire, j'ai entendu des pleurs étouffés et comme une supplique afin que je raconte la vie de ces plieuses, faite d'attente, rythmée par le sang menstruel, les travaux ennuyeux, les repas à préparer, les soins aux enfants, la vieillesse.

Dans ma mémoire, je retourne aussi dans une église abandonnée où je suis certaine d'avoir rendez-vous. Mes yeux se souviennent d'un ciel de nuit par la toiture défoncée. D'une étreinte brisée, à cause de quel cataclysme ? J'entends l'écho d'une messe à jamais tue. Je respire une odeur d'encens refroidi. J'effleure l'eau rare au fond des bénitiers. Les miettes de pain ont durci dans leurs corbeilles. La lie du vin entache un calice d'argent. Qui s'est enfui si brusquement, renversant les candélabres, arrachant la nappe de l'autel ? De la terre monte un parfum de buis. Aujourd'hui, où que j'aille, l'odeur du buis, doux-amer, livré à sa sève, à son sperme centenaire et végétal fait de moi la brusque proie d'une étreinte fantôme. Quand j'enfouis mon visage dans son feuillage, c'est parce que le buis me fait croire à d'énigmatiques retrouvailles. Je reçois le baiser qui me manque et j'ai la tentation d'espérer en cette étoile qui brille au-dessus de ma tête. Obstinément. Et je me sens prise, enroulée dans le manteau d'un roi mage. Sa verge glisse dans mes mains. Mais le vide, dans mes paumes, le manque, l'absence sont si cruels qu'une pierre en pleurerait.

Alors, pour en finir, pour que me quitte ce désir, il m'est arrivé de souhaiter me métamorphoser en une lande desséchée où personne ne viendrait. En statue de marbre oubliée dans les caves d'un musée.

Dans ces séquences de vie surgissant d'un temps mal défini, il est souvent question d'enfants et de lumière intarissable. De volupté et de vin. De détresse et d'errance dans de longs corridors. Ces impressions me surprennent n'importe où. A cette table de travail, sur un trottoir, au volant de ma voiture, quand j'attends les enfants à la sortie de l'école. Parfums, lumières, murmures, je les ressuscite, soumise à ce papier, cette machine, cette chambre. Je ne me sens pas libre. J'aimerais rester adossée contre un mur où s'attarderait un peu de soleil. Mais je suis prisonnière des vieilles maisons, des forêts, de la nuit, des eaux dormantes, des nouveau-nés au fond de leurs berceaux. D'eux surtout. J'userai ma vie, penchée au-dessus des berceaux. Je perdrai mes yeux à trop regarder mon nouveau-né dormant dans son odeur légère d'étable et de lait. Bonheur et angoisse mêlés serrent ma gorge. Tout est normal. Il respire. Sous l'horloge le temps s'arrête dans mes bras de lierre. Moi aussi, je m'assoupis par instants à force de te contempler, la joue appuyée, marquée, forgée par le fer de ton berceau. Comble du bonheur. Joie nue. Loin. Si loin du désir.

Mes quatre enfants. Combien de nuits les ai-je veillés ? Partie pour quelques minutes, mes pieds raidis de froid me rappelaient que des heures s'étaient écoulées. J'ai veillé sans doute plus de mille et une nuits. Inquiète, fiévreuse, je me désincarnais presque, errant d'une pièce à l'autre, les bras tendus en avant, longs, immensément longs, comme ceux d'une revenante. Les bras tendus dans la longue robe blanche pour embrasser, bercer, consoler, allaiter le nouveau-né qui pleure. J'ai aimé jusqu'à ces poignards dans le dos, à force d'être penchée sur lui ou de le porter. Cette morsure de la fatigue, je me suis cravachée pour la dépasser et lui fredonner ces chants d'entrailles sur deux ou trois notes afin de conjurer la mort et la nuit. J'ai toujours craint de perdre un enfant, qu'il ne meure subitement, oubliant de respirer, comme ces nourrissons que leurs mères retrouvent raides et glacés au fond du berceau.

Je déambulais d'une fenêtre à l'autre dans la grande maison vide. Le nouveau-né s'était calmé dans mes bras, consolé par le lait mais plus encore par la tendresse. Par instants, la monodie que je fredonnais s'arrêtait net, tant j'étais obsédée par le souvenir d'autres femmes qui n'avaient pas eu ma chance, poursuivie par le regard de ces mères africaines dont les nourrissons morts-vivants aux yeux remplis de mouches tètent les seins vides. Et tandis que je circulais dans la pénombre avec le poids de ce bonheur, lourd comme un chevreau endormi, revenaient me hanter les fantômes de ces mères qu'on poussa dans les chambres à gaz avec leurs enfants. Afin qu'ils aient moins peur et ne pleurent pas, elles trouvèrent la force de les porter, leur cachant le visage contre elles, puisant dans leurs entrailles l'ultime ressource de leur chanter une dernière fois, jusqu'au bout, la plus effroyable des berceuses. L'amour maternel est le moins mièvre des sentiments. Il se trouve qu'il faut lutter pour vivre cet amour, car de la maternité aux institutions, voisins, parents, amis, il y a peu d'êtres pour se réjouir d'une naissance. On entend très vite s'élever le chœur des réducteurs d'amour. On est à peine autorisée à prendre le nouveau-né dans ses bras. Il faut presque se cacher pour le tenir contre soi. Ils disent qu'on ne doit pas s'en occuper dès qu'il pleure, cela risque de le rendre capricieux. Il ne faut pas le caresser ni lui offrir à téter chaque fois qu'il le demande. Il ne faut pas lui donner de mauvaises habitudes. Ils disent aussi qu'il faut le laisser pleurer. L'isoler. Ne pas prêter attention à ses cris. Ils disent enfin qu'il faut l'installer dans la chambre tout au fond du couloir. Le plus loin possible et que cela lui apprendra à vivre. Tout dans notre société est fait pour brutaliser le sentiment maternel. Le dénigrer. Tout est fait pour qu'on se retrouve dépossédée. Les mains vides. Il faut oser aimer le tout petit enfant et oser le dire.

Toi, j'ai besoin de te tenir contre moi, de t'entendre respirer. Ta main minuscule serre mon doigt avec cette force stupéfiante des nouveau-nés. J'ai besoin de ton odeur. Je t'emmène partout caché sous ma cape, si bien caché, si bien au chaud que je t'entends presque ronronner. Le plus merveilleux, c'est de t'allaiter adossée contre un arbre. Sentir ce jaillissement qui s'en va te fortifier. Le plus fabuleux c'est d'être un corps à manger, un corps nourrissant. Cette fuite du lait vers ta bouche adorable et vorace, c'est aussi la fuite du temps. Alors, je reste là, en pleine détresse, en pleine lumière, sachant bien que c'est aujourd'hui, l'éternité. Maintenant. Et tout de suite. En moi, tout se réconcilie. Tout s'apaise. J'aime le monde. La mort n'existe plus. La mort peut-elle avoir les seins gonflés de lait ? La mort peut-elle réchauffer un enfant ? Un fleuve coule à mes pieds tandis que je te nourris le dos contre l'arbre sous un ciel dont le bleu de vitrail ne me menace plus. Je regarde les collines fleuries. Les tuiles rondes et rouges, la terre fumante et je me sens prise, soulevée par la joie du monde. Prise. Aimée. Baisée. En accord total avec je ne sais quel Dieu, si merveilleusement accompagnée par les chants de la terre que je supplie moi aussi que ma joie ne s'enfuie pas. La conscience de la joie est impitoyable. J'ai pleuré en allaitant. J'ai pleuré en écrivant.

Tandis que j'appuie mon front au montant de ton lit, de grands sapins poursuivis par la lune voguent dans le cadre de la fenêtre. On est loin, si loin encore de l'aube blanche et feutrée, rassurante, ouverte comme une paume infinie pour qu'on s'y repose enfin. Tu pèses six livres. Je respire ton odeur de miel et de lait, de litière chaude et froissée, ton odeur d'étable céleste, de paille humide où veillent l'âne et le bœuf. Ta petite odeur de nuit.

Dans cette chambre dont je ne sors presque plus, je contemple souvent un verre du XVIIIe siècle, merveilleusement gris dont le pied s'orne de sulfures. Le fond poissé reste violemment teint par un grand cru de Bourgogne, un Pommard de 1969, je m'en souviens, car j'ai la mémoire du vin. Chaque fois que je porte ce verre à mes lèvres ou que je l'élève à la lumière pour y interroger la robe du vin, je me souviens d'une noce interrompue. Je ne sais plus où et quand, mais j'étais la mariée. Il me reste ce verre aux initiales gravées. Indéchiffrables. J'ai si peur d'un grand amour qui ressurgirait. C'est pour cette raison que je me cache.

Je continue d'accumuler des boîtes qui ne servent à rien, j'en aime une, surtout, dont le couvercle peint m'entraîne dans un bocage où coule une rivière à truites noyant le pied des saules. Un carillon sonne toutes les heures. Il me faut si peu d'efforts pour entrer nue et pleine de félicité dans un lieu où ma mémoire n'est jamais désenchantée. Ici, aucune amertume. Juste cette impression un peu désespérante d'avoir été destituée de quelque chose qui m'appartenait et qu'il me faut retrouver. Est-ce une lettre ? Une bague ? Je ne sais pas. Telle la vouivre, je plonge dans l'eau verte, je nage la brasse coulée, j'écarte les algues coupantes. Je vais à la recherche de mon diadème qui gît au fond des eaux. Je recherche mes opales perdues.

Un jour, me penchant sur l'eau du bassin, je ne reconnus pas mon reflet. Une autre femme me parlait. Vivante et pourtant noyée. Je pensai que j'étais irrémédiablement marquée par la Sirène d'Andersen. La femme agitait les mains pour me faire comprendre ce que ses lèvres disaient et que je n'entendais pas. Elle était nue, le corps et le visage tatoués de fleurs de lichen. Sa longue chevelure bougeait comme des couleuvres. Elle portait des mitaines de dentelle noire. Je n'aurais jamais cru qu'on puisse vivre sous l'eau, y garder une bouche aussi rouge, des yeux aussi grands ouverts et calmes. Si calmes. Mais pourtant remplis de feux captifs comme en retient l'eau des opales. Je ne m'étonnais pas de l'avoir rencontrée ni qu'elle fût vivante. L'avais-je vue en photo, dans un film en noir et blanc ? Ses traits m'étaient familiers sans que je pusse mettre un nom sur son visage. Il s'exhala brusquement de ce lieu un parfum extraordinaire. Surnaturel. Les lèvres de la femme remuèrent avec force. Elle joignit les mains, ferma les yeux. Sa face prit un air si concentré qu'elle en devint douloureuse. Alors, jaillit des eaux la colonne chaude, incroyablement puissante de sa voix d'alto. Je reconnus le morceau que j'écoute chaque jour et qui me porte tout au long de ce livre : *la Rhapsodie pour contralto* de Johannes Brahms. Comme elle chantait le mot – *schmerzen* – et comme ce mot par elle chanté – *schmerzen* –, douleur, en allemand, transportait au-delà de la peine. *Schmerzen… Schmerzen…* Comme ce mot trouvait un écho en moi. Je plongeai mes bras dans l'eau jusqu'aux épaules afin de saisir sa main glacée et la hisser hors du bassin. A mon tour, je sentis la tentation du froid m'envahir. Plonger avec elle loin de la douleur… Chanter jusqu'à la fin du monde l'amour qui m'a manqué. Comme elle, condamnée à chanter jusqu'à la nuit des temps, je suis condamnée, moi aussi, à écrire sans repos. Je sais maintenant pourquoi je crains tant de m'asseoir à cette table. Je dois écrire sans faiblir que je n'ai pas été assez aimée. C'est cela sans doute qu'on m'a volé et qui rend les initiales du verre si indéchiffrables.

Je me plains souvent de la difficulté d'écrire au milieu d'un tourbillon d'enfants, dont les exigences, l'appétit de vivre, les cris joyeux mais stridents font fuir les mots, les phrases naissantes. A cette dualité quotidienne enfants-écriture, j'ai développé une résistance à toute épreuve, un mode d'emploi dans lequel je privilégie d'abord les enfants. Si vivre sans écrire me semble impossible, écrire n'est pas la vraie vie. Et pourtant que serait mon existence sans ces instants volés aux miens ? Ce temps haché menu, ces heures minuscules où je ne peux guère me demander si j'aime ou non m'asseoir à cette table. Il faut le faire. Il faut chercher dans les décombres, se jeter dans le puits, dans l'eau verte du bassin pour rapporter les premières phrases de la noyée. Son premier sourire, ses paupières ouvertes sur des yeux qui attendent que je revienne et cherche de nouveau avec elle, pour elle, les mots de l'amour perdu. Mais vite, c'est l'heure de me rendre à l'école. Vite, les goûters. Ne pas oublier le violon pour la leçon de musique. Ni les maillots pour la piscine, les manchons, le shampooing, les serviettes. Ne rien oublier. Et surtout pas le rappel du vaccin contre la rage pour le terre-neuve qui saute dans la voiture. Quatre-vingts kilos. Il faut se serrer. Ne pas oublier les vélos, patins à roulettes, le ballon, les seaux, pelles et râteaux. Avant de partir pour cette expédition, un regard au miroir. Je suis grise. Ecrire me rend exsangue et glacée. Du rouge à la pommette. Du khôl au bord de l'œil, ma cape de velours grenat, un collier d'opales, des bracelets de buis, des bagues sur mes gants. Surtout sourire. Les enfants remarquent tout. Le goûter dans son papier d'argent qui brille dans ma main. Et quand ils m'embrassent, ils respirent le parfum dans mon cou. Faiblement, la noyée tentait de me dire quelque chose. Je n'ai pas pu noter. Je perds mes crayons. Je perds mes stylos. Je perds mes mots comme d'autres leurs clefs. Je me dis. Je me souviendrai. Je me souviendrai... Les enfants arrivent comme de jeunes fauves lâchés. Leurs cris vrillent mes oreilles, massacrent mon silence. Je jure de garder mon équilibre. Ils sont la vie et moi, je dois savoir quitter l'eau du bassin.

Au mur de la chambre, un miroir au mercure où mon reflet s'efface en pointillé. Sur ma table des photos d'enfants, éparses, cornées, certaines sont déjà jaunies. Quatre enfants. Les miens. Je ne peux me séparer d'un collier d'ambre que l'on passe au cou des nouveau-nés. Ils l'ont tous porté. Je le mets maintenant. Souvent, je l'égrène comme un chapelet de vie. Il y a aussi un canard en buis. Un taste-vin de noces en argent. Un autre trouvé dans une brocante, offert par la ville de Pontailler à sa centenaire, c'est gravé dessus. J'y bois, recueillie, espérant être encore pleine de désirs à cent ans. Il y a des flacons de parfum presque vides. Une Vierge à l'Enfant peinte sur porcelaine. Le bébé nu et rond est assis sur la robe de velours de sa mère du même vert que les sombres cyprès du jardin. Il tient à la main une grappe de raisins violets. Chaque fois que je le regarde mes lèvres fourmillent du désir de baiser les plis de sa peau. Sur une commode, j'ai disposé une toque de velours et sa voilette, des mitaines en filet de dentelle noire, une boîte ancienne de poudre de riz à l'effigie de Manon Lescaut. Bien qu'elle soit vide, elle sent encore l'iris et la violette. J'y garde maintenant un morceau de jade. Le soir, un abat-jour d'opaline répand dans la chambre une clarté rose où tout semble s'apaiser. Dans son cadre d'ébène, je regarde souvent cette jeune femme dessinée au fusain, sa lourde chevelure ramassée en catogan découvre une oreille de nacre. Elle est agenouillée sur un prie-dieu dans une église déserte. Son visage disparaît dans ses mains gantées et minuscules. Je ne connaîtrai jamais ses traits. De quel amour se repent-elle ? De quelle faute ? Pourquoi ce chagrin ? Pourquoi s'abîme-t-elle à ce point dans la prière ?

Par terre sont répandues des perles de porcelaine aux couleurs vives. Je ne les ramasse jamais. J'aime les voir briller dans les rainures du plancher. Dans une boîte de dragées, je conserve une mèche de cheveux de chacun de mes enfants. La première, coupée il y a presque vingt-cinq ans, châtain. La seconde, il y a vingt ans, châtain foncé. Les deux dernières, il y aura six et deux ans. Toutes deux blond vénitien. Chacune a gardé une odeur de vie. De vie qui a passé. Dans un écrin, dorment quelques-unes de leurs dents de lait à peine plus grosses que des grains de riz. Bien entendu, je suis incapable de les reconnaître. Je pense à mes filles aînées que j'ai tant aimées, guidées, protégées, qui me dépassent de deux têtes maintenant et courent le monde. Je pense à elles si vivantes et indépendantes, et je contemple ces reliques qui tiennent au creux de ma main. Je ne comprends rien à ce temps qui a passé. Tout ce temps, cette coulée de temps consacrée aux enfants, m'enchante et me révolte. Ces heures de brodeuse, ces heures au point de croix, pâles ou lumineuses, ces heures d'enluminures. Et sur mes joues, ces fossettes creusées par le bonheur et les sourires mais aussi les nausées, la fatigue, la rage, le découragement. Ces milliers d'heures consacrées aux travaux modestes et répétitifs. Cette infinie persévérance, cet accompagnement sans relâche, car ce n'est pas moi qui desserrerais ma main de celle d'un enfant. Non, ce n'est pas moi. Dans quel grand cahier tiendra-t-on compte de ces heures ? Et de mes rendez-vous manqués, mes voyages si souvent remis ? Mais, trop de ciel, trop d'océan, c'est impossible entre une mère et son enfant.

Sylvestre, je ne sais pas comment parler de toi. Tu as six ans. Tu es mon fils. Ton vrai prénom, c'est Jean. Depuis que tu as commencé à émerger de ton autisme, à sortir de ton silence, il y a quelques semaines, tu as demandé qu'on ne t'appelle plus Jean. – Pourquoi ? – Jean est mort. Il est enterré au cimetière. Il n'était pas très intéressant. Je veux un autre nom. – Ce sont tes paroles. Je te propose tes deux autres prénoms, Sylvestre et Gabriel. Tu es d'accord pour Sylvestre. J'ai du mal à laisser Jean en chemin, alors je te suggère un compromis – Jean-Sylvestre – tout en t'observant, car tes réactions quand tu es contrarié sont terribles. Mais tu es d'accord pour ce double prénom. Cependant, très vite, chacun t'appellera Sylvestre. Et surtout ta jeune sœur Eléonore, qui ne t'a jamais connu que sous ce nom.

Durant les quatre années qui viennent de s'écouler, tu m'as tout pris. Je n'ai plus envie de rien. Ni d'amour. Ni de nourriture. Rien. Tu m'as totalement asséchée. Moi aussi, je commence à ne plus parler. C'est apaisant de ne rien dire. Comme je te comprends. J'ai toujours été certaine que ton silence recelait des trésors de poésie et de connaissance. Je pensais que tu en savais plus que les autres enfants. D'ailleurs, depuis que nous t'appelons Sylvestre et que tu acceptes de parler, tu dis des choses effrayantes et merveilleuses : – Je vais bientôt mourir – Pourquoi ? – Parce que je vieillis. – Tu réponds aussi à beaucoup de mes questions, mais je ne dois les poser qu'une seule fois, ne jamais les répéter, ou tu retournes dans ton silence. Une me brûlait les lèvres : – Quand tu étais petit, pourquoi ne voulais-tu ni parler, ni mâcher ? – Tu me fournis cette réponse, véritable clef de ton mystère : – Parce que je voulais retourner dans ton ventre. – Quand nous nous trompons et t'appelons par ton ancien prénom, tu te bouches les oreilles, et tu cries, tu tords la bouche, tu baves de rage, te jettes à terre et lances en tous sens bras et jambes. Tu te griffes le visage. Tu n'es qu'une boule de rage, complètement folle, que rien ne peut arrêter. Tu sanglotes : – Je veux ôter ma peau. Je veux ôter ma peau. – Et tu t'agites comme si tu voulais enlever un invisible vêtement, tout tissé d'orties. Tu ressembles à ces gens dont les habits brûlent et qui pour éteindre les flammes se roulent à terre en hurlant. On t'appelle. Tu n'entends plus. On te parle. Tu redoubles tes cris. Tu deviens fou. On dirait un supplicié sur de la braise. Moi aussi, je deviens folle. Mes nerfs me font mal. Tes cris me tuent. Je ne supporte plus tes cris. J'ai l'impression qu'ils détruisent une part de mon cerveau. Ce genre de scène peut arriver n'importe où, mais je commence à les prévoir. J'ai remarqué que tu butais, trébuchais, achoppais sur certains mots, certains regards, certaines attitudes ou pensées même cachées venant des autres. Soudain, on ne sait pourquoi, il y a des paroles, des sons, des bruits que tu ne supportes pas d'entendre et tu te bouches les oreilles. Si une personne te regarde de manière antipathique, et cela arrive souvent, tu te précipites sur elle et la foudroies de tes yeux qui dans ces moments virent au noir. On dirait que tu veux soumettre tout le monde à ta loi, à tes codes. Tu te conduis en terroriste. Tu nous tiens en otage. Mais j'apprends à te contourner. Tu mettras toute ton énergie à traquer la moindre défaillance dans mon nouveau mode de communication. Avec toi chaque chose doit être négociée, durement négociée : mettre un pied devant l'autre. Monter dans une voiture. En descendre. Avancer. Reculer. S'asseoir. Entrer dans un ascenseur. En sortir. Partout, dans les magasins, la rue, les squares, les transports en commun, les trottoirs, partout où nous passons les gens s'attroupent.

Depuis que tu as changé de prénom comme tu l'as souhaité, c'est plus facile de parler avec toi. Tu t'agites beaucoup moins. Tu sembles plus paisible. Ce n'est pas à Jean que tu en voulais. Tu aurais pu t'appeler Pierre, Paul ou Nicolas, cela aurait été la même chose. Tu ne supportais plus d'entendre le prénom lié à ta période autistique.

Si je te délaisse un peu, si je veux écrire les mots qui se pressent dans ma tête, si je veux rêver, écouter de la musique, respirer, respirer seule, je retrouve un petit garçon mou comme une poupée de chiffon. Immobile. Ne bougeant pas de sa place. L'œil morne. Tranquille. Beaucoup trop tranquille. Se suffisant si bien à lui-même puisqu'il tourne, tourne les roues de ses petites autos. Indéfiniment. Ou se couche dans son coin en agitant les mains le plus rapidement possible devant ses yeux. Alors, j'entre doucement dans ton monde. Adieu, livre. Adieu, calme. Silence. Oxygène. J'avance à quatre pattes dans le salon. Sans mot dire, je te pousse avec ma tête comme si j'étais un gros chien qui te sollicite pour jouer. J'aboie un peu pour te surprendre. N'importe quel enfant éclaterait de rire. Toi, tu ne ris pas. Tu ne ris jamais. La seule fois où tu as ri, c'est quand je t'ai mis aux pieds des chaussons en forme de Donald. Tu as regardé tes pieds et tu as éclaté de rire. Puis te rendant compte de l'effet produit sur l'entourage, tu t'es arrêté net et tu es reparti traîner un chiffon derrière toi en suivant toujours les mêmes figures géométriques sur le carrelage de la cuisine, marquant les mêmes arrêts, imitant le même bruit de moteur sur deux notes. C'est d'une incroyable monotonie. Comme le son d'un disque rayé. Si je ne t'interromps pas, tu le fais pendant des heures. Mais si je t'arrête, je sais que tu vas hurler et te débattre. Parfois, je crie plus fort que toi. Après un corps à corps, une véritable lutte, je te dis que tu vas aller dans l'eau. Tu aimes l'eau.

J'ai pris avec toi un nombre de bains incalculable à n'importe quelle heure du jour et même de la nuit.

Dans la baignoire, tu fais aller et venir ta main à la surface de plus en plus vite. Tu sembles hypnotisé et tu approches ton visage de cette main qui s'agite et clapote à un rythme frénétique comme si elle était séparée de ton corps. Tu approches ton visage jusqu'à te tremper les yeux et le nez dans l'eau. Tu redresses alors la tête tout raidi d'excitation et répètes ce geste dans lequel tu t'isoles du monde autant que dans celui de tourner des roues. Souvent tu me demanderas d'écouter l'eau qui s'écoule dans les tuyaux. Ce bruit te fascine et je resterai de longs moments avec toi, recroquevillée sous le lavabo de la salle de bains, l'oreille collée au conduit de vidange, aux tuyaux de chauffage central où l'on entend le brassement de l'eau. Avec angoisse tu me demandes si dans notre corps, aussi, il y a des tuyaux. N'attendant pas la réponse, tu m'assures qu'il y en a. Beaucoup. Et qu'ils font le même bruit. Dans ces moments, nous sommes bien, toi et moi. Tu es paisible. Le temps s'arrête. Mais quand il faut t'arracher au chant des tuyaux ou te sortir du bain, tu hurles et te débats. C'est ce qui me fatigue le plus. Quand tu répètes trop ce geste de clapotage qui n'en finit pas, je vidange la baignoire et pour que tu n'aies pas froid, j'accroche la douche au-dessus de ta tête afin que tu sois sous un manteau d'eau chaude.

Personne ne sait, ne voit, ne mesure, ce temps que nous passons ensemble. Personne ne comprend, même quand j'explique.

Je ne parlerai ici que de notre relation à tous les deux. Non pas que j'exclue ton père trop aimé mais trop absent. Non pas que j'exclue les psychologues, pédo-psychiatres et l'admirable orthophoniste qui t'a aidé, ainsi que le jeune professeur de musique qui venait avec son alto, ses clochettes, son tambourin, son métronome et qui au bout de six mois de patience a réussi à te faire simplement poser les lèvres sur le bec d'une flûte. Non pas que j'exclue ton cousin Pierre – au début tu ne le "voyais" pas, car pour toi, le monde était opaque, et puis tu t'es mis à beaucoup aimer Pierre et au fur et à mesure que tu guérissais, tu t'attachais et pleurais quand il s'en allait. Je n'exclus personne. Mais le jour où j'ai compris que tu étais enfermé dans cette folie muette qu'est l'autisme, j'ai aussi compris que ce serait à moi de t'en tirer. D'abord parce que j'ai ressenti l'urgence de nous sauver comme si une vague déferlante nous arrivait dessus. Ensuite parce qu'il faut être sur le terrain, rien que sur le terrain. Il faut aussi se sentir capable de TOUT abandonner. Enfin, pas une seconde je n'ai eu peur. Pas une seconde, je n'ai pensé que j'échouerais. Et puis, le temps pour moi c'est de l'amour, même si j'ai pleuré de découragement et d'exaspération. Le plus dur, c'est de tout laisser en chantier. – Et votre livre, où en êtes-vous ? – Quoi répondre à ceux-là ? J'ai un petit garçon, vous savez, il est autiste. Il ne parle pas. Il ne mâche pas. Je dois mouliner chacun de ses aliments. Autrement, il s'étrangle. Il avale de travers. Il fait des fausses routes. Je dois récupérer le morceau au fond de sa gorge. Il a l'air indifférent au monde. Il ne sourit jamais. Il ne manifeste jamais aucun désir. On ne sait pas s'il a froid. S'il a faim. S'il a mal. On dirait qu'il n'entend pas. Il peut rester des heures assis ou debout au même endroit. Sans bouger. Pour lui, notre monde n'existe pas. Il ne voit pas les autres. Je pourrais revenir à la maison avec une girafe, il ne la verrait pas. A longueur de journée, il refait toujours les mêmes gestes. Il se débrouille pour retourner une bicyclette sur la selle et le guidon et là commence un rituel qui semble avoir une grande importance, il fait tourner une roue. Il cherche un rythme, une cadence, qui très vite semblent le satisfaire. A certains moments, il imite le bruit d'un moteur ou alors, il se balance. Puis, revient à sa roue, qu'il tourne des heures et des heures. Si je l'appelle ou le prends dans mes bras, même en lui parlant doucement, il pousse des hurlements et se roule à terre. Quand j'ai pris soin de faire disparaître les vélos, il trouve quand même un objet rond à faire tourner, ou il tapote du revers de la main une feuille de papier, la branche d'un arbre. Si, au même instant, il entend les tourterelles ou le chant du coq, ou si je l'appelle, il se bouche les oreilles en hurlant. Rien que d'évoquer cette période, la plus dure, entre deux et quatre ans, j'ai des nausées. Je pense aussi à ce conte de *la Belle au bois dormant*. Quand elle était enfant, afin qu'elle ne se pique pas, il avait fallu cacher tous les rouets du pays. Moi, je dois soustraire à ta vue tous les objets ronds, hélices, toutes les roues que tu pourrais faire tourner.

C'est en quittant l'hôpital d'enfants où tu allais une fois par semaine que j'ai juré de te sauver. Ce genre de serments, on se le fait à soi seul, devant un mur qu'on ne peut plus supporter de longer chaque semaine. Vingt ans plus tôt, j'avais juré sur un pont de Paris que je sortirais de la misère avec mes deux filles. Je l'ai fait.

Mais, toi, aujourd'hui, je te remercie de me donner la possibilité de vivre un grand amour. Je te remercie de m'avoir ouvert les yeux sur une part du monde et sur les autres enfants. Je te remercie de m'avoir fait violence, de m'avoir presque tuée. Je voulais que tu cesses d'aller en hôpital de jour. Ces séances collectives avec d'autres enfants me déplaisaient parfois. Il me semblait que tu n'étais pas à ta place parmi ces malheureux gamins baveux, hébétés ou très agités. Il me semblait que tu étais moins atteint qu'eux, ou l'amour maternel me rendait-il aveugle ? J'avais l'impression que ces gosses avaient d'autres problèmes que les tiens et que si tout le monde était mélangé, c'était sans doute et comme toujours à cause d'une absence de crédits donc de structures. Je décidai d'espacer ces séances à l'hôpital. J'essaierais de me taire. De ne jamais me plaindre ni d'avoir l'air inquiète. J'en raconterais le moins possible. Je ne demanderais leur aide aux psychiatres que si vraiment je te sentais en danger. Je crois que chacun l'a compris et que l'on ne m'en a pas voulu.

Un jour, je me suis dit que derrière ton silence, il n'y avait peut-être rien. Le vide. Ce doute a durci un peu plus le serment que je m'étais fait : te sortir de là. Te sortir de ton autisme. Le vide, on va le remplir, je te le jure. Tu ne sais pas bien où finit, où commence ton corps. Je passerai des heures à te caresser, te pétrir, te stimuler. Te surprendre. Mes doigts s'arrêteront à chaque grain de ta peau, à chacun de tes membres, de tes os. Je les nomme à voix haute. Phalange. Phalangine. Phalangette. Je te le chante. Tes petits os roulent entre mon pouce et mon index.

J'ai du mal à parler de toi. Parfois, je pense à nous comme à deux êtres perdus dans une tempête de neige. Nous cherchons notre chemin dans le brouillard. Tandis qu'une part de toi sommeille, que ton regard trop souvent n'exprime aucune émotion, que tu ne souris jamais, ne réclames rien, désespérément rien, moi, je sais, je n'ai jamais douté de ta compréhension. Je sais que tu enregistres mieux que la plupart des autres enfants. Je le vois à de brusques lueurs dans tes yeux. Véritables petites lucarnes ouvertes sur le monde. Souvent tu me prends la main et la portes à ma bouche.

C'est pour me signifier que je dois continuer à te parler. Alors, je te redis ce poème de Rimbaud, je te relis *le Petit Prince*, ce conte d'Andersen ou une fable de La Fontaine et puis, je te dis des mots à moi qui vont à la recherche de tes mots engloutis comme des épaves gisant au fond de toi. Tes mots prisonniers. Parfois dans notre dos, on doute. On ricane. Fuyons, Sylvestre. Fuyons l'indifférence. Les pensées qui tuent. Avançons vers notre demeure, notre château, qui, je te le jure, ne sera pas vide. Il y aura des fenêtres, des portes, du feu dans les cheminées, de la lumière, des lits pour tous les amis, beaucoup d'eau chaude dans la salle de bains, de la farine, du lait et des œufs pour que tu pétrisses avec moi la pâte de gâteaux innombrables.

Au moyen d'un ruban, j'ai pendu à mon cou un carnet à spirale. Je sais que les mots me surprennent n'importe où. N'importe quand. Comme dans ma voiture en stationnement devant le jardin d'enfants où je viens de te déposer pour quelques heures. Tu ne me laisses guère le temps d'écrire, alors je me sens forte avec ce petit carnet, le crayon planté dans la spirale. Toujours prêt. C'est ma façon de te piéger. De piéger la vie. C'est ma fenêtre sur la prairie. Je sens la noyée qui grandit en moi. Frappe et cogne. Elle veut me parler. Je suis prête. Je veux écrire ce qu'elle dit. Je la vois en transparence dans l'eau du bassin. Elle dit : – La nuit coule sur mon dos comme une poignée de sable noir. Sur toi aussi, elle coulera. – Elle ôte ses mitaines et frotte les écailles de ses mains. Impossible de les faire tomber. Elle frotte encore. Elles tiennent. Patience…, murmure-t-elle. Et sa voix d'alto s'élève. A nouveau, ce mot – *schmerzen.*

Derrière le pare-brise, le réconfort léger des premiers rayons d'un soleil de mars. Je prie, je supplie mes forces vitales de ne pas me quitter. Mais où est la vraie vie ?

Je te porte souvent, même maintenant alors que tu as plus de six ans. Tu me le réclames. Je le fais surtout quand nous sommes seuls car il y a des regards désapprobateurs. On te trouve trop grand. Mais que savent la plupart de ces gens sur l'amour, sinon ses frustrations… ? J'ai toujours pensé que d'une certaine façon l'enfance était une période de solitude épouvantable. Un désert sans baisers, sans caresses, sans étreintes. Qui ose prendre un grand enfant dans ses bras, sans craindre d'apparaître ridicule ? Moi, je te prends et te berce encore puisque tu le veux. Tu noues tes jambes autour de ma taille, enfouis ton nez dans mes cheveux. Tu me dis des choses tendres à l'oreille. Tu me répètes exactement tout ce que je t'ai murmuré des soirs et des soirs avant que tu ne t'endormes quand tu étais petit. Je te disais : "Bonne nuit. N'oublie pas que je t'aime. Je t'aime." C'était l'époque où je t'appelais encore Jean. Tu ne répondais rien, mais moi je savais que tous ces mots n'étaient pas perdus, et s'en allaient nourrir un grand fleuve souterrain. Aujourd'hui, alors que tu commences à parler, tu me les restitues, un par un. Tu en connais la signification profonde. Tu t'arrêtes parfois pour scruter mon visage, satisfait de lire dans mes yeux la joie que font naître tes phrases. Depuis quatre ans, je te traque, te force, je ne te laisse aucun répit. Je souffle sur ta vie comme sur un feu mal parti, menaçant de s'éteindre. La mort semble t'obséder ainsi que la fin des choses. La cassure. Tu es profondément désespéré quand un objet se brise. Tu pleures en te tordant les mains. Tu me redis ces terribles mots : – Moi aussi, je vais mourir bientôt. – Et tu ajoutes : – Il ne fallait pas casser cet objet. Il fallait y faire très attention. – Tu supplies qu'on le répare, qu'il redevienne comme avant. Une fois, une seule, tu m'as murmuré cette phrase énigmatique qui concentre en elle toute la morale d'un conte ou d'une fable que je n'ai pas le souvenir de t'avoir lu : "Quand on perd l'équilibre, on perd son royaume." Et cette autre : – La nuit avant de dormir, je vois des images, alors, je bloque une image et j'entre dans mon rêve. Et je suis libre. –

Je me souviens de tout et de rien. Si je devais n'employer qu'un seul mot pour parler de cette époque, je dirai "transfusion". J'ai la nausée et le vertige quand je me rappelle certaines étapes, ces heures chaotiques où j'ai cru perdre ma vie à t'infuser toute mon énergie. J'ai cru perdre la tête à lutter contre ta force d'opposition, tes refus, tes colères et surtout tes cris. Tes cris me transperçaient le cerveau. Je t'aurais tué parfois de me faire si mal, d'aspirer avec tes hurlements toute ma poésie. Mes pensées.

Ma bonne volonté. Tout mon amour. Mon increvable amour pour toi. Tu prenais tout et ne donnais rien. Tu mettais toute ton énergie à ne rien donner. Monter un escalier avec toi était un cauchemar. Il fallait que je monte trois marches du pied gauche et que j'en redescende une du pied droit. Il fallait que je m'arrête sur telle marche en imitant un bruit de moteur ou que je monte à l'envers selon un rite que tu ordonnais. Il ne fallait surtout pas que je te précède. Jamais. Monter un escalier ou le descendre nous prenait une demi-heure et tout était de la sorte. Il fallait aussi marcher sur certaines lattes de bois et pas sur d'autres, certains carreaux de la cuisine et pas d'autres, les noirs et pas les blancs. Ou le contraire. Il fallait marquer des arrêts quand tu l'exigeais. Si on n'entrait pas dans ton jeu, gare à ta colère. Tu élevais aussi de mystérieuses frontières qu'on ne devait surtout pas franchir, sous peine d'être assassiné par ton cri. Il était interdit de marcher sur les chemins invisibles que tu traçais au moyen du bâton que tu traînais derrière toi, tout en imitant le bruit d'un tracteur. Tu t'arrêtais toujours aux mêmes endroits avec les mêmes pannes, les mêmes fioritures, les mêmes détours compliqués. Si je te suivais dans ton labyrinthe, tu dardais sur moi un regard noir et plein d'autorité comme si tu étais aux commandes d'un avion de chasse. Mais dans tes yeux je lisais aussi une pointe de considération pour le bon goût dont je faisais preuve en choisissant de suivre tes traces. Tu te retournais régulièrement pour vérifier si je faisais bien les choses comme tu l'entendais, il ne fallait ni te parler ni te sourire, comme j'ai cru bon le faire une fois. Même le langage du sourire, tu ne l'acceptais pas. Tu criais quand on te souriait. Tu criais en te griffant le visage. En te bouchant les oreilles. En hurlant "non", surtout quand tu suivais ces traces si mystérieuses qui semblaient avoir tant d'importance pour toi. Elles étaient ton langage.

Un jour, toutes les fenêtres d'une grande place se sont ouvertes, car tu hurlais comme un goret qu'on égorge, simplement parce que j'avais perdu une boucle à l'une de mes chaussures et qu'après avoir remonté ensemble tous les caniveaux de la rue ainsi que les trottoirs, je décidai d'arrêter nos recherches. Tu voulais les poursuivre. Ce soulier auquel il manque quelque chose, tu ne peux pas le supporter. Alors, tu hurles entre deux sanglots, trépignant sur place comme sur un brasier : – Mes pieds sont bleus ! Mes pieds sont bleus ! Il faut couper mes pieds ! Il faut ôter ma peau ! – Et tu essaies d'enlever tes pieds. Tu tires dessus. Tu répètes sans cesse : – Il faut couper mes pieds ! – Et encore : – Je veux retourner dans la terre noire ! – Je suis effondrée par tant de souffrance. J'ai très peur de toutes ces couleurs, de toutes ces mutilations que tu annonces. C'est la seule fois où j'ai eu envie de sauter sur un téléphone pour appeler la pédo-psychiatre, songeant peut-être que tu étais en grand danger et que je risquais d'être totalement dépassée. Mais brusquement la peur a fait place à un immense désir de te protéger. Je t'ai pris dans mes bras. Je t'ai parlé à l'oreille. Je t'ai appelé. Je t'ai exhorté. Je t'ai secoué. Je t'ai serré fort pour que tu reviennes à toi. Il y a eu toute une période où tu as redit que tes pieds étaient bleus et qu'il fallait les couper. J'ai remarqué que c'était toujours quand tu étais très contrarié, soit parce que je t'obligeais à faire quelque chose comme de monter un escalier, ou de descendre de voiture sans que cela nous prenne une demi-heure, soit parce que je te refusais un jouet dans une vitrine. Soit parce qu'une tourterelle se mettait à roucouler alors que tu étais en train de faire tourner un objet. Tu criais aussi quand il y avait de la fumée sur ton assiette de soupe. C'était si intolérable que, pendant des mois, je t'ai donné à manger presque froid. Difficile pour les autres, les spectateurs, de comprendre que tu criais de souffrance et non de colère comme devant mes souliers dépareillés. J'ai moi-même mis du temps à déceler cette souffrance, puis à l'accepter. Tu ne supportes pas que les objets puissent changer de place. La chose infiniment petite que personne n'a jamais vue, toi, tu l'as remarquée. Elle est devenue un de tes points de repère. Si on y touche, ton monde s'écroule en partie. Les autres, ceux que j'appelle les autres, ne comprennent rien à cela. Ils ne cessent de comparer tes particularités avec des traits qu'ils connaissent à leurs enfants : – Oui, c'est comme pour ma fille. Pour mon fils. Tous les enfants sont comme ça. – Quand je tente de leur expliquer d'où tu es parti, quel a été ton cheminement, ils n'écoutent pas. J'aurai ce problème avec les instituteurs, l'entourage immédiat ou les gens qui te voient de temps à autre. Ce sera plus fatigant de devoir affronter les autres que toi-même. Entre les psychiatres dont je me suis toujours méfiée et les autres qui ne reconnaissent une maladie que si elle est sanctionnée, dramatisée par un traitement médical ou un séjour à l'hôpital, je ne me suis pas sentie découragée, au contraire j'ai trouvé stimulant de marcher contre tous, hors des sentiers battus, certaine, absolument certaine de gagner. J'ai toujours puisé mes forces dans l'adversité.

Chaque jour, je repousse l'heure d'écrire. Je perds mes feuillets volants. Mes carnets à demi arrachés. Mes notes brouillonnes. Incompréhensibles. Et pour moi-même indéchiffrables. Nous sommes loin de l'auteur rigoureux. Méticuleux. Certain de bâtir une œuvre. Eloignant la poussière ou la faisant ôter. Je vis dans un désordre extrême. C'était déjà noté en marge de mes cahiers scolaires : "Elève brouillonne. Toujours hors du sujet." Cela continue. Ne voulais-je pas parler de la noyée tout au long de ce livre ? Et voilà Sylvestre qui prend sa place. Serais-je une fois de plus hors du sujet, ou tellement au cœur ?

Si un train passe tandis que j'écris, j'ouvre la fenêtre pour mieux entendre ce bruit qui m'arrive étouffé par la lisière de la forêt. En ouvrant la fenêtre, je sais que je vais perdre la phrase que j'écrivais. J'aime prendre ce risque. Ce n'est pas la même chose d'écrire qu'un train passe que de s'accouder pour écouter ce bruit, qui me serre le cœur depuis toujours. C'est pour cela sans doute que les mauvais maîtres me disaient que j'étais brouillonne. Ils auraient dû me demander pourquoi le bruit du train évoquait pour moi un tel arrachement. C'était leur rôle. Ils auraient dû le faire. Ils auraient dû me poser les vraies questions. Cette part secrète de mon enfance reste comme un champ de solitude. Si morne. Je n'ai de cesse qu'il ne soit labouré, ensemencé avec tous ces mots censurés dans mon enfance. Censurés par les mauvais maîtres. Car, au fond, mes préoccupations, depuis ce temps, n'ont guère changé. Ce sont les mêmes choses qui m'obsèdent. Et comme Sylvestre, la fin des choses. Les vies qui finissent. Les amours qui se brisent. Tout ce qui s'arrête net et décapite. Tout ce qui est si difficile à dire sur la tendresse des corps. L'attachement. Le terrible. L'épouvantable attachement, qui débouche forcément sur la dépossession. C'était tout cela que je voulais exprimer quand j'étais enfant. Au lieu de me censurer ils auraient dû me laisser écrire librement. Je les hais de m'avoir autant châtrée. Qu'ils le sachent.

J'ai attendu aujourd'hui pour comprendre que peu d'êtres jouissent de l'écho d'un train qui passe. Du carillon d'une église. Du vent. De la pluie. De la nuit qui vient. La lumière soudaine sur un mur. La main d'un enfant qu'on va chercher à l'école. L'odeur du froment dans son cou. Son rire auprès des ronciers qui débordent sur le chemin. Ses doigts, ses lèvres, sa langue tachés de violet. Et puis ce parfum d'automne dans l'humus que je ramasse pour eux et qu'ils viennent renifler dans ma paume. Tout cela me rend heureuse et malheureuse à la fois, car j'ai l'impression d'être devant une énigme qui n'en finit pas.

Parfois le bruit de mes pas dans une promenade solitaire, la cadence de la marche, me donnent le sentiment d'être accompagnée. Plus exactement je ne me sens plus seule. On me prend le bras. On me souffle des phrases. Un avion qui passe et son sillage ont sur moi un effet très nostalgique. Et même au loin le klaxon d'un commerçant ambulant. Je le confonds peut-être avec une corne de brume. Tout est possible. J'ai compris depuis deux ou trois ans que, fort probablement, on ne manque à personne. Les êtres oublient tout dès que leur avion a percé le ciel bleu. Moi, il y a toujours quelqu'un qui me manque. C'est une tare qui va s'aggravant. J'espérais qu'elle guérirait avec le temps. C'est tout le contraire. Au fond, je ne suis riche que de cette présence, force sans visage, sans nom, qui m'a permis de lutter, de marcher pieds nus dans la neige quand il le fallait. Cette force que je sens comme une escorte invisible m'a toujours soutenue. Je me suis toujours sentie accompagnée. J'en ai parlé autour de moi. On m'a regardée avec étonnement, suspicion et même ironie. On m'a souvent répondu qu'on ne ressentait rien de la sorte. J'ai fini par comprendre que cette force était en moi. Je suis née avec. C'est sans doute un cadeau des fées, cette impression d'être bénie. Accompagnée. Personne ne m'a jamais rien expliqué à ce sujet. Il m'est arrivé de me sentir quittée par ce courant bénéfique. L'usure, les chagrins, la répétition des choses ont failli avoir raison de cette sorte de joie. En écrivant cela, je me souviens d'un lac gelé, étincelant sous le soleil suédois qui n'apparaissait que trois heures par jour en ce mois de janvier. Voilà sans doute un des lieux dont je suis prisonnière. Où je retourne comme une âme errante. Je ne suis jamais tout à fait sortie de la peau de la Marchande d'allumettes qui, assise dans la neige, essaie de vendre à des passants indifférents ses allumettes de Noël. Depuis des jours, elle a faim. Elle sent le fumet des oies rôties qu'on prépare dans les auberges. Pour se réchauffer et calmer son onglée, elle craque ses allumettes les unes après les autres. Jusqu'à la dernière. Puis, elle se couche pour mourir sur le trottoir.

Quand j'écoutais ce conte dans mon enfance, j'avais l'intuition très forte qu'une chose pareille pourrait bien m'arriver. Ce dénuement, ce désarroi, cette froideur du monde, qu'on appelle indifférence. Cet abandon. Chaque hiver je me souviens. Que faisais-je à vingt ans au milieu de ce lac de glace, en ballerines, avec sur les épaules une misérable cape donnée par les chiffonniers d'Emmaüs ? Dans mes bras, mon premier enfant, une petite fille d'un peu plus d'un an, emmitouflée dans une couverture. Son haleine qui montait dans l'air gelé m'aurait fait pleurer de joie. Elle a chaud ! Elle a chaud ! Et je baisais la bouche de la petite dormeuse, si tiède sous le soleil de glace. Je m'étais fourvoyée, là, pour suivre mon étoile, courir après ma bonne fortune et surtout la partager avec un artiste peintre qui était mon premier amour. Comme dans le film *la Strada*, il me poussait pour que j'aille affronter les gens, me disant que j'étais sa mascotte. Sa porteuse de chance. Sainte Sarah sur un lac pétrifié.

— Vas-y ! Parle-leur ! Tu sauras leur parler, toi ! – Depuis notre arrivée nous n'avions rien mangé de consistant. Il nous restait un tube de lait concentré sucré que je réservais pour la petite. Je m'avançais vers un groupe de pêcheurs. Ils avaient creusé un trou dans la glace. Auprès d'eux une montagne de petits poissons scintillait sous le soleil blanc. La taille ne leur convenant pas, ils les abandonnaient aux mouettes qui criaient tout autour. Avec des gestes, je leur demandai si je pouvais en prendre. L'un d'eux détacha un bloc de poissons avec un piolet et me le mit dans un sac en plastique. Je pensai que Dieu pourvoyait à tout et que j'avais plus de chance que la Marchande d'allumettes. Je ne pus m'empêcher d'esquisser quelques pas de valse, ma petite fille dans les bras, le sac rempli de poissons pendu au bout des doigts. J'aurais aimé avoir des patins pour glisser sur le lac. J'éprouvais une joie très proche de l'ivresse. Une reconnaissance éperdue pour les pêcheurs. Malgré le grand froid, une extraordinaire chaleur m'envahissait. En cet instant et bien que le soleil fût si haut, si glacé, c'était pour mon enfant et moi qu'il brillait. J'éprouvais une félicité absolue. Je ne savais pas pourquoi j'étais si facilement transportée. Allègre. Je comprenais seulement que c'était impossible à partager. En tout cas avec celui qui m'attendait dans sa voiture car il n'aimait pas les lacs gelés même sous le soleil. Alors que je valsais doucement serrant mon enfant, offrant mon visage aux derniers rayons polaires, il klaxonna, brisant le silence. Puis se penchant par la fenêtre : – C'est pas fini ces conneries ? –

Durant le trajet en voiture, je restai silencieuse. En rentrant dans la maisonnette de bois rouge, prêtée par un Suédois, il dit qu'il serait content de manger une friture et qu'il l'avait bien méritée. Je déposai le bloc de poissons pris dans la glace au fond de l'évier et fis couler de l'eau dessus. Ils se remirent à vivre et nagèrent en tous sens.

La farce était si énorme que je ris avec le sentiment que mon rire ne s'arrêterait jamais. Rire calmait ma faim. Je n'avais plus faim. Pas lui. Il me somma de me taire et tenta d'attraper quelques poissons qui lui glissèrent des mains pour retomber sur le carrelage où il les écrasa à coups de talon.

Depuis quelques jours un homme en redingote, sans âge, cheveux et barbe gris, passe et repasse devant ma fenêtre. Il regarde avec insistance comme s'il cherchait quelqu'un. Je ne l'ai jamais vu dans le village. La première fois, il est apparu vers six heures, l'hiver, à la tombée de la nuit. Une autre, alors que je travaillais tard. Il était bien plus de minuit. Tout dormait dans le village et la maison. Une seule lampe allumée, la mienne. J'étais dans la phase aiguë, somnambulique où l'on sent venir la fin du livre. Etat de conscience surnaturel proche d'une veillée mortuaire, où malgré la fatigue on ne peut dormir, comme si le sommeil devenait, lui aussi, un pas vers la mort. Cette nuit-là, alors que je luttais avec le roman qu'on me demande d'écrire, moi qui hais les romans, moi qui les vomis, je sentis une présence. Je me retournai. L'homme se tenait derrière la fenêtre. Je sus qu'il ne fallait rien dire. Je n'eus pas peur de cette forme silencieuse qui me regardait, familière et pourtant surnaturelle. J'étais persuadée qu'elle me protégeait, m'inspirait, m'aidait à avancer dans ce maudit livre.

Ma main soumise à une force invisible, à un fluide étranger se mit à écrire sur la noyée du bassin, alors que j'étais en train de raconter l'histoire de Jean. Les silences de Sylvestre. Ses énigmes. Ses colères. Ses refus cauchemardesques. Mais l'homme en redingote me souffla le nom de Blanche qui s'inscrivit sur le papier sans que j'y fusse pour rien. D'un seul coup, enfants, contraintes quotidiennes, insupportables tourbillons, cris assassins se dissipèrent. Chaque lettre du prénom de Blanche bougea comme les voiles d'une revenante.

Ainsi, Blanche, c'est son nom. Le nom de la noyée. Elle vient me chercher. J'entends sa voix d'alto. Sa voix de ventre. Grave et vivante. Je sens ce parfum soulevé comme par le passage d'un être invisible. Et cette nuit au milieu des objets familiers que je devine dans la pénombre, la page vide éclairée par la lampe, ma main emprisonnée dans la main de l'homme à la redingote, les yeux rougis de fatigue, je comprends que ce livre ne s'écrira pas sans le nom de Blanche. Je suis dos au mur, traquée, perdue, à l'idée qu'elle croisse en moi de toutes ses ramures et que je vive un temps indéterminé – mais qui de toute façon me semblera long – avec cet être greffé à ma vie la plus secrète. A ma moelle. A mon cerveau. Je me sens vampirisée. Sucée jusqu'au sang. Pourquoi Blanche m'a-t-elle choisie ? D'où vient-elle ? Je redoute ce qu'elle pourrait me faire écrire. Difficile de passer aux aveux, lorsqu'on a une langue éprise de silence. Et comment donner à Blanche sa place dans ces pages où Sylvestre creuse la sienne, chaque jour davantage ?

Je la verrais dans un train. Dans ce train, elle dirait qu'elle s'appelle Blanche. Elle le dirait très vite. En s'excusant presque. Peut-être parlerait-elle à une autre femme. Mais qui ? Elle parlerait comme quelqu'un s'étant tu trop longtemps et qui voudrait engager une ultime conversation avec un être inconnu. A cet instant de la vie où plus rien ne vous retient. Plus rien ne vous contraint. Ni les autres. Ni soi-même. Surtout pas soi-même. Il ne faut pas croire que la personne choisie le soit par hasard. Il y a beaucoup de voyageurs dans un train. Des inconnus s'assoient en face de vous. Mais on sait qu'il ne faudra pas parler. Puis, un jour, comme un fleuve de lave, comme un miel très impur, les paroles coulent vers l'être choisi. Vers cette femme inconnue. Appelons-la Ariane – car sans doute, elle est perdue, elle aussi. Et cherche à démêler les fils de sa vie. Comme l'Ariane du labyrinthe. Blanche est au-delà du labyrinthe. Elle a tout traversé. Elle sait où elle se trouve. Ariane serait peut-être journaliste, attachée de presse, un de ces métiers qui font courir le monde et donnent l'illusion de vivre. Blonde et lisse sans doute. D'emblée, Ariane reconnut la femme qui entra dans le wagon et choisit de s'asseoir à une fenêtre isolée. Vêtue de noir, les cheveux châtains, longs jusqu'à la taille, les yeux presque violets, son visage rayonnait comme celui d'une femme protégeant de sa paume la flamme d'une chandelle. Elle portait aux mains de fines mitaines de dentelle noire. Il s'agissait de Blanche Léonard, la grande cantatrice, "la Cantatrice aux Mitaines", comme l'appelaient les journalistes. Il y avait un mystère autour de ces mitaines. Coquetterie ? Désir de cacher un défaut des mains ? Rhumatismes déformants ? Cicatrices inavouables comme en laissent les poignets tailladés ? Tatouages indélébiles ? Nul ne savait. Ses mitaines ne la quittaient pas. Ariane ne pouvait détacher son regard des mains de Blanche. – Vous êtes-vous déjà réveillée, Ariane, auprès d'un homme dont la bouche, un matin, exhale une odeur d'escargot mort ? – Ariane sentit une poignée de neige lui couler dans le dos. Blanche Léonard s'était maintenant assise en face d'elle et venait de tirer le rideau orange de la S.N.C.F., afin d'avoir le visage dans l'ombre. – Avez-vous déjà senti un escargot mort, Ariane ? C'est peu de chose un escargot. Cela tient dans le creux de la main. Mais, si on le ramasse alors qu'il est en décomposition, c'est toute la forêt qui sent la charogne. La fin d'un amour sent toujours la charogne. Vous êtes journaliste, et c'est moi qui vous aborde. Vous n'avez pas osé le faire. Je vous autorise à écrire : "Blanche Léonard m'a déclaré : La fin d'un amour sent toujours la charogne." Cela ne signifie pas grand-chose mais tout est dit. Et vous aurez toujours quelques lignes pour votre article ou votre livre, car vous tenterez d'écrire un livre comme tout le monde. Et comme tout le monde vous ferez semblant de croire que c'est sans importance, alors que noircir des pages dévorera votre vie. Je vous donne cette phrase. Vous n'aurez pas à me la voler. – Blanche souleva légèrement le rideau de la fenêtre. Dehors, les colzas brillaient sous un ciel d'orage. Chaque fois qu'elle faisait un geste, il émanait d'elle un parfum d'ambre et de tubéreuse.

– Ariane, vous me suivez depuis Paris, mais vous n'avez pas eu le courage de m'aborder, cependant votre regard sur mes mains est rempli d'indiscrétion. Je ne vous dirai pas ce que cachent mes mitaines. Peut-être ne cachent-elles rien. Chacun peut imaginer sous ces dentelles ses propres plaies réelles ou à venir... Dans moins d'une heure, j'aurai une correspondance. Vous ne me suivrez pas. Libre à vous d'inventer la suite de mon voyage. –

De nouveau, Ariane sentit ce froid de neige lui couler dans le dos. Elle regrettait sa curiosité. Sa hargne à poursuivre la "Cantatrice aux Mitaines", comme le lui avait demandé le rédacteur en chef de son journal : – Vous tenez là un sujet sensationnel ! Surtout, faites des photos ! – Ariane qui n'avait aucun scrupule s'était mise en chasse, pensant dévorer la diva à belles dents. La rumeur disait que Blanche Léonard était atteinte d'une épouvantable maladie. Personne ne savait laquelle. Mais on lui prêtait les maux les plus fous. On disait aussi qu'elle avait perdu la tête. Et même la voix. On disait tant de choses. Ariane avait décidé de savoir. Elle saurait. Blanche devait être affaiblie. Elle l'aurait. Elle aurait son papier. Elle, la sportive, l'ambitieuse, la belle fille aux longues jambes bronzées, aux cheveux blonds comme les blés, sûre de sa beauté, n'aurait jamais pu imaginer cette conversation dans le train. Blanche la considérait en souriant. Il se dégageait de tout son être un tel rayonnement qu'elle faisait penser à ces Vierges romanes aux pieds noircis de baisers. Elle reprit : – Un jour, plus tôt que vous ne le pensez, vous regarderez vos mains et vous saurez ce que cachaient mes mitaines. Sachez aussi qu'on ne vole pas l'amour à quelqu'un sans avoir à payer un jour. Je ne crois pas que vous ayez jamais de repos, Ariane. Les mitaines reviendront vous hanter. Voyez-vous, je n'ai jamais pu aimer ces hommes qui voulaient tout quitter pour moi. En un instant ils liquidaient – c'est le mot – femme, enfants et le reste. Dépouiller l'autre pour me couvrir d'or. Il y a dans certaines façons d'envisager l'amour quelque chose de méprisable. Je vous laisse l'homme à la bouche d'escargot mort. Sachez que mon plus grand bonheur fut quand, après avoir chanté, je courais vers les coulisses, gorge brûlante. Impatiente. Je courais vers mon enfant que j'emmenais partout avec moi dans mes tournées. O la terrible, merveilleuse, affolante tension du lait dans les seins ! Il me semblait que je courais dans une forêt de bouleaux tout ébranlée par les coups de merlin que donnaient d'invisibles bûcherons. Est-ce possible que le lait cogne à ce point ? Comme le sang aux tempes. Le cœur dans la poitrine. C'est le corps entier qui résonne et chante quand on se hâte pour nourrir son enfant. Tellement plus fort que la musique. Aucun lied, aucune cantate n'égale le murmure chanté de la mère à son enfant tandis qu'elle l'allaite. Loin et si près des fleuves de sang. Le regard plus transparent. Plus transperçant. Enfin, dégrafer la lourde robe de scène. Assise sur une chaise basse, l'enfant au creux des genoux ouverts, couché dans les plis du velours, un bras l'entourant, une main refermée sur ses pieds minuscules, on s'émerveille de se trouver dans cette attitude sacrée, le regard de l'enfant rivé au sien. Souvent, il s'arrête de téter pour répondre au sourire de sa mère. Sourire où tremble le lait. Minutes de bonheur et d'éreintement où tout le corps nourrissant crie justice. Où le corps lutte contre le crime et l'abomination. Instants répétés six fois, huit fois par jour. Ou davantage. Souvent jour et nuit. Minute de joie où le nourrisson s'endort contre le sein. Alors, on entend les cris de détresse et de faim de milliards d'autres enfants. Et le froid venant soudain et la solitude, on se prend à songer qu'on berce son nouveau-né contre la mort. Leçons de Ténèbres sont dites ici de la Mère à l'Enfant. Toutes ses forces elle les puise dans ce décor de poussière pour les lui transmettre au travers du lait. Des caresses. De sa présence. Puis, on venait me chercher pour la suite du concert. On agrafait ma robe. Les musiciens accordaient leurs instruments. Je devais chanter les lieder de Schubert. Un public prestigieux, exigeant m'attendait. Je n'ai pourtant jamais ressenti plus grande félicité qu'à l'idée de retrouver mon enfant après avoir chanté et cela, Ariane, vous ne me le volerez jamais. –

Blanche descendit du train et disparut dans la foule sur le quai.

Quand les phrases s'arrêtent net et que le fantôme de Blanche s'enfuit, j'ouvre la fenêtre. C'est souvent tard la nuit et je reçois en plein visage cette affolante odeur de nuit, de terre et d'arbres. Par le rectangle éclairé, mon ombre agrandie se projette sur le parc. Longue. Comme infinie. A la recherche de Blanche. Blanche qui s'enfuit trop souvent. Effrayée sans doute par les contraintes et les bruits de mon autre vie. Alors, j'écris des riens pour me rassurer. Je m'arrête devant un pan de mur. La porte ouverte de l'armoire. D'interminables instants, je peux contempler les nœuds du bois. L'écorce d'un arbre. D'où me vient ce goût de l'enfermement ? Du renoncement ? Ce cloître en moi. Cet amour désolé. Ce deuil. En écrivant, j'ai l'impression de travailler à ma résurrection. Je n'arrive pas à chasser l'idée de cet amour fou qui n'existe pas. Je suis sûre qu'il faut du courage pour avouer des choses pareilles et continuer d'avancer dans cette forêt de mots.

Ecrire chaque jour un peu, serment d'ivrogne sans doute. Cependant, en forçant les mots, ils viennent.

Pourquoi suis-je si terriblement consolée, accompagnée quand j'écris ? J'ai besoin de cette porte secrète, cette caverne où je me cache. Besoin de croire qu'il me faut réinventer le feu. Je me persuade que personne ne viendra afin de mieux accepter l'obscurité, loin de ceux que j'ai aimés et ne m'ont cédé qu'une parcelle de leur amour. La crainte de ne pas être assez aimée m'obsédait déjà quand j'étais enfant. Surtout quand j'observais le visage des grandes personnes qui mentaient. S'accommodaient. Aujourd'hui, je peux dire que je m'arrange pour continuer de vivre de même qu'on s'arrange pour être présentable. J'ai su mettre au monde des enfants. M'y consacrer totalement. Les aimer. M'en faire aimer. Leur ouvrir des portes. Leur donner des clefs. Je ne suis pas avare de ma peine. Ni de mon temps. Je sais travailler quand je le dois. Boire et manger quand il le faut. Trop souvent, je me retrouve dans le rôle de celle qui prépare la nourriture, s'occupe des enfants, nourrit et caresse. N'oublie pas les chiens. Parfois, quand je regarde tout ce monde qui se croise et s'agite autour de moi, j'ai l'impression d'avoir les veines ouvertes. Alors la lutte en moi-même est féroce. Je vais devoir retourner la situation. Car je suis faite aussi pour le commandement. Le galop à cheval et la cravache. L'injure. Tout se passe comme s'il fallait être une femme aux seins gonflés de lait mais cerclés de fer. Tout se passe comme s'il fallait toujours payer pour la tendresse qu'on vous réclame et qu'on donne et surtout pour la constance.

Mais je suis une vestale qui n'apporte pas la paix et menace souvent d'éteindre le feu. Je suis une vestale menaçante. Pourtant j'ai un tel amour pour la coulée des jours, les horloges et les jardins. L'herbe qui pousse. Le mufle des bêtes. Et surtout les enfants nus, adorables. Les voluptueux quarts d'heure où le vin coule sans souci. Les longs, très longs baisers des siestes. Mais tout cela s'effrite au fil des jours. Tout cela s'envenime. Tout cela est amer. Et meurt. Il me faut le consigner et par là même m'en abstraire. Il faut que je sois dans ma vie en même temps qu'à côté. Longtemps j'ai cru que les mots vous attendaient, qu'on pouvait assumer cette existence de tous les jours, être occupé à mille choses et que les mots vous attendaient. Ils n'attendent pas. J'ai vu à la télévision l'histoire d'une femme écrivain à Moscou. Elle et son mari vivent dans vingt mètres carrés avec leurs cinq enfants. Pour pouvoir écrire tranquille, elle s'assied sur le siège des toilettes, une planche sur les genoux. Voilà son coin. La condition de la femme qui écrit tout en élevant ses enfants demande une virtuosité, une force qu'on ne peut guère imaginer. Les hommes qui écrivent ont souvent une femme qui leur prépare leur repas, leur café, s'occupe de leurs enfants. On éloigne la marmaille. On chuchote. On parle à voix basse quand on passe devant la porte du grand écrivain. Chut ! On glisse sur des patins de feutre. Surtout ne pas déranger. Moi, on m'appelle en plein labeur, au beau milieu d'une phrase, pour me demander si le repas est prêt. Je ne comprendrai jamais cette attitude de kangourou tragique que prennent certains hommes – je n'ai pas dit tous – devant un réfrigérateur plein. Même les plus intelligents ont un air buté, outragé et préfèrent ne rien manger plutôt que d'avoir à se servir seuls.

Dans cette atmosphère, l'écriture m'apparaît comme un monstre de carnaval à jeter au feu. Je n'écris pas pour quelqu'un, il me semble que j'écris souvent contre quelqu'un. Contre tout. Contre moi.

Serment d'ivrogne, en effet, de dire que j'écrirai chaque jour. Je n'ai rien écrit aujourd'hui. Aveu de mon impuissance. Regard de pierre. Yeux des statues. Neige des squares. Les êtres me semblent à demi morts. Sans impatience. Je sais depuis toujours qu'il n'existe personne à qui parler vraiment et que cela dure. En le disant, j'ai l'impression d'avoir dix-huit ans. Je n'ai guère changé. Il y a des ressorts qui ne veulent pas céder. Ils sont de plus en plus résistants. Il y a longtemps que j'essaie de fusiller en moi l'écœurant désir d'être aimée. Je voudrais appartenir à l'univers, ne pas être condamnée à ce misérable désir, je hais tous ces élans nouveaux, ces jeux amoureux et faciles, ces eaux troubles. Je veux aimer dans la pierre. Dans l'acier. Pas sur du sable fin.

J'ai souvent été agressée ou totalement ignorée par des gens aigris. Ce sont les mêmes qui ne se réjouissent jamais. Ni d'une naissance. Ni d'un bonheur qui vous arrive. Ni des progrès d'un enfant autiste. Ni surtout du livre qu'on vient de publier.

Ils vous reprochent votre verve. Votre vie. Votre lyrisme. Très mauvais, le lyrisme. Et bien sûr ils sont écœurés par votre érotisme “débridé”. Je pense qu’en d’autres temps on m’aurait enfermée. Je me souviens de l’odeur des cachots. A l’opposé, c’est réconfortant d’être reconnue de son vivant, de toucher des êtres qu’on n’aurait jamais rencontrés et qui sont émus et vous le disent. C’est comme si cette violence qu’on se fait à soi-même pour écrire seulement une page trouvait enfin un écho. Alors on revoit défiler toutes ces saisons où l’on s’est empêchée de vivre. Combien d’après-midi ensoleillés derrière les volets ? Il y a tant de retrait, d’enfermement dans l’acte d’écrire que c’est étrange d’imaginer toutes ces pages ayant leur propre vie. Infusant à d’autres êtres une force bénéfique, alors que pour les écrire on s’est privée de tout.

On ne trompe pas l’écriture. On ne bafoue pas la page blanche. On ne peut pas tout au long d’un livre porter un masque et s’en tirer par une pirouette. Inventer une minable intrigue au moment où l’on allait dire l’essentiel. Et l’essentiel c’est le désir. L’épouvantable désir. L’absence. Le vide. Le néant. Tout ce désir sans objet. Ce désir fou qui fait dire : “Je suis vivante. Je suis vivante !” Mais il n’y a personne. Alors qu’on voudrait s’empaler sur un Dieu. Hier, dans la nuit, regardant les étoiles, j’aurais aimé me souvenir d’un amour. Je me disais que la fin de la vie ne pouvait conduire que sur une route aride et déserte. Jonchée d’amours mortes. Mieux vaut s’y préparer. J'aurai sans doute, au moment de ma mort, l'impression d'être blanche. Blanche de désirs avortés. Blanche de caresses non reçues. Blanche comme le nom de Blanche. Longtemps, j'ai pensé que l'écriture ne pouvait naître que dans une prison. Une forteresse. Il y a sans doute un cachot en moi. Je suis toujours ramenée à ce lieu de douleur. D'enfermement. Depuis quelque temps, je rêve d'une écriture blanche. Vide. Froide comme le marbre. Une écriture de constat. De registre. De greffier ou de médecin légiste. Une écriture sans passion. Une froide écriture vidée de son sang. De ses nerfs. Etincelante comme la neige sous une lune gelée. De justes mots glacés comme le diamant. Une blanche écriture comme les ossements blanchis au soleil. Une écriture de désert. Mais voilà que grillent de chaudes tartines et me bouscule le museau des enfants tout saupoudré de chocolat râpé. Un air léger au piano s'échappe d'une fenêtre. Je m'interdis de penser que les heures présentes sonnent le glas. Enfants qui puisez et m'épuisez, comment ai-je pu vous mettre au monde ? De quelle moelle vous ai-je nourris pour que vous trouviez la force de courir, de rire, de rêver ? Parfois vous me rendez des bribes de ce que vous m'avez pris. Des brins d'herbe. Des boutons-d'or. Des baisers. Mais vous ne me rendrez pas cette dent qui vient de tomber. Ni un ventre lisse. Je roule avec vous dans la prairie sous un ciel de nuages. Je suis amoureuse de la prairie. Ses herbes chantantes. Son bestiaire secret. Amoureuse du roulis des grandes berces sous le vent, de l'or vivant des blés. Pourquoi est-ce contre la terre que je retrouve un si grand apaisement et toutes mes forces ? Je ris avec vous dans le vent qui fait parler les arbres. Je voudrais que nos rires secouent les étoiles. Que nous fassions semblant d'être foudroyés par l'orage. Et riions d'être si vite ressuscités.

Fils adoré, je t'emmène dans l'automne. Nous suivons un chemin comme dans la chanson où les feuilles tourbillonnent. Je te hisse à bout de bras afin que tu en attrapes, de même qu'autrefois sur les manèges à chevaux de bois les enfants excités essayaient de saisir au vol le pompon qu'un forain agitait au-dessus de leurs têtes. Quand ses franges effleuraient ma paume, je croyais que j'allais le décrocher, mais le bonhomme partial avait ses têtes et tirait d'un coup sec sur la ficelle. Déjà, il préfigurait pour moi toute l'injustice du monde et ce qu'il me faudrait arracher au destin chaque fois que le ciel m'apparaîtrait trop immobile. Mais toi, je fais en sorte que tu les attrapes toutes ces feuilles, et c'est bien ainsi. Je ramasse la terre des forêts pour que tu la respires au creux de ma main. Je ramasse de la mousse. Je pose ta paume dessus afin que tu sentes combien c'est doux. Comme je voudrais que tu me parles et me souries. Tu ne me souris jamais. Tu ne souris jamais à personne. Je te chante des chansons sur l'automne. Elles sont belles dans leur simplicité nostalgique. Je te chante la

Feuille d'automne. "Colchiques dans les prés... Nuage dans le ciel s'étire... S'étire... Nuage dans le ciel... S'étire comme une aile... C'est la fin de l'été..." Quand tu seras guéri, il faudra desserrer notre lien, il faudra l'étirer, lui aussi comme une aile, afin que tu prennes ton essor. On dirait que tout amour est fait pour être brisé un jour ou l'autre. Tu touches mes lèvres pour que je chante encore. Tu me tends les bras pour que je te porte. Tu deviens lourd. Mais je trouve de la force dans cet amour que nous avons noué ensemble. Colchiques dans les prés. Je t'aime. Je t'aime. Je sais que tu m'entends. Tu m'écoutes. L'audiogramme que tu as subi révèle que tu entends parfaitement. Alors où vont les mots que je te murmure ? Je suis certaine qu'ils s'amoncellent quelque part. Tu me les restitueras un jour comme ces enfants sur les plages qui rapportent des trésors de coquillages et de petits morceaux de verre multicolores polis par la mer. Le langage, ce n'est pas seulement les mots. Cela ne me dérange pas que tu ne parles pas. Ce sont les autres qui te montrent du doigt. Nous sommes à une époque d'incessants bavardages, de stériles jacasseries. Dès le jardin d'enfants, la pression est très forte. Un enfant qui parle tôt, au regard des gens et des institutions, est intelligent. Un enfant qui se tait indispose. La force du silence impressionne. Personne jusqu'à présent n'a eu véritablement envie d'entrer dans ton silence. Eux non plus ne veulent pas remettre en question leur mode de communication. Ils veulent que tu parles, que tu répètes leurs âneries. Ton mutisme les dérange mais plus encore ton obstination à te retenir de parler. Ils auraient vite fait de te traiter en débile. Et puis ils se sentent tellement rejetés par toi qui ne souris jamais qu'un jour ou l'autre, alors qu'ils étaient tout feu tout flammes, ils te tournent le dos et te placent au fond. Exactement au fond. C'est leur méthode. Ils t'isolent un peu plus. Tu t'en fous. – Vous savez madame, il est plus malin qu'on ne le pense, il est même loin d'être bête, ce garçon. S'il voulait s'en donner la peine, il parlerait ! Moi, je vous le dis, il y a de la malice là-dedans ! – Et les gens se frappent le front. Souvent les femmes prennent cette odieuse petite voix de tête pour s'adresser à toi : – Alors comment va notre petit Jean ce matin ? – Tu les fusilles du regard. Contrairement aux autres enfants tu détestes imiter. Donc tu n'as pas "fait les marionnettes". Tu ne tapes pas dans tes mains non plus, quand on te le demande. Tu détestes mimer une chanson en faisant des gestes, te dandinant d'un pied sur l'autre comme dans ces couplets : "Je m'en soucie guè-è-re. Je m'en soucie guè-è-re. Passez par ici et moi par là. Au r'voir mon cousin !" Tu restes de marbre et considères avec une certaine hauteur toute cette agitation autour de toi. Non seulement tu ne parles pas mais tu n'as pas eu ce qu'on appelle un langage prélinguistique. Ce que font les autres enfants ne t'intéresse pas. D'ailleurs, tu ne les vois pas. Tu ne les entends pas. Tu as mis une petite auto dans ta paume et tu tournes, tournes désespérément ses roues.

Dans ces lieux, tu n'as jamais d'accès de rage. Personne ne me croit quand je dis que tu es très coléreux. Je rencontrerai aussi des regards incrédules quand j'annoncerai quelques mois plus tard que tu parles. En effet, au jardin d'enfants, tu ne desserreras jamais les dents, mais tu me parles chaque fois que nous en franchissons la porte. Dès que tu es sur le trottoir, tu clames haut et fort : – Il est con ce jardin d'enfants, je ne veux plus y aller ! – C'est clairement énoncé. Le personnel te regarde partir, mais vu les têtes réprobatrices, je comprends que nous n'avons pas le même sens de l'humour. Le fait que tu parles ne les touche pas vraiment. Ce qu'elles retiennent, c'est ce que tu as dit. Et ce que tu as dit ne leur plaît pas. A partir de ce jour, tu les intéresseras de moins en moins.

Vivre avec toi, lutter contre cette maladie, c'est renoncer à tout. Tu comprends. A TOUT. L'amour. La poésie. Le désir. Le calme. Oublions la volupté. Tes accès de rage éclatent n'importe où. Tu peux tenir en otage une rue, un quartier, un magasin et je ne parle pas de nous à la maison. Contrairement à beaucoup d'enfants tu regardes peu de films à la télévision. Je censure scrupuleusement les dessins animés, pour la plupart japonais ou américains, incroyablement bêtes et laids ou d'une violence extrême. Je me fais traiter d'interventionniste, mais c'est le grand mot de ceux qui ne s'engagent jamais. Je maintiens que c'est à cause de mes interventions que j'ai gagné. Que nous avons gagné. Croit-on que je ne préférerais pas boire un café tranquillement ? Marcher sans personne et surtout sans toi qui te prends pour un justicier ? Pour Zorro. Pour un méchant. Surtout pas un gentil. Un méchant. Un affreux, qui tient sous son autorité la ville entière. Et même le monde et les étoiles. Tu avances avec une escorte de dinosaures et de dragons. Tu ne parles que de volcans. Tu dis qu'il y a du feu au centre de la Terre. Et que nous sommes un morceau du Soleil. Il y a aussi la Lune et d'autres étoiles. Tu barres le passage aux piétons dans la rue en leur criant que tu es le chef de l'univers. Et que c'est toi qui commandes. Tu es le commandant de toutes les planètes. Les autres sont des imbéciles. Tu le clames haut. Tu articules fort bien quand tu le veux. Tous les regards convergent vers moi. Il y a toujours des murmures dans les files d'attente des grandes surfaces. Heureusement, tu souhaites demeurer dans le caddy au milieu des achats. Mais quand on arrive à la caisse tu ne supportes pas que je sorte la marchandise du chariot pour la présenter sur le comptoir. Debout dans le caddy que tu prends pour un char d'assaut, tu livres à la caissière une bataille sans merci, lui arrachant des mains chaque objet. Malgré les remarques jaillissant de toutes parts, je t'explique qu'elle fait son travail et va tout nous restituer. J'essaie de détourner ton attention sur son intéressante machine à calculer, car tu te passionnes pour les gadgets électroniques. Mais tu t'en prends maintenant à la foule des consommateurs d'où fusent de très désobligeantes réflexions à notre égard. Tu saisis la barre de bois servant à séparer le contenu du caddy dont on fait le compte de celui qui est en attente. Menaçant la foule avec, tu hurles en grimaçant : – Taisez-vous ! C'est moi le chef ! Et c'est moi qui commande ici ! – Tu agis comme un terroriste dans un avion. J'entends : – Si c'est pas malheureux de le laisser faire ! Regardez-moi ça, c'est les gosses qui commandent maintenant ! Alors on avance, oui ? C'est pas fini, ce cirque ? – Je fais un sourire à l'employée, je bredouille des excuses. Si je t'ôte ce morceau de bois des mains, je sais que tu entreras dans une telle rage que le magasin entier résonnera de tes clameurs. Je préfère céder, ce que les autres appellent céder. Je commence par prendre une grande respiration. La sueur me coule dans le dos. Je demande à la caissière de taper le prix d'un objet que tu as choisi afin de te le donner. Surtout, dans ces moments-là, ne pas t'appeler par ton prénom. Ne pas chercher à négocier, comme ils disent. Mais jouer le jeu, quitte à me mettre la foule à dos. Tu trouves peu d'êtres pour entrer dans ta spirale. Pour couper court à tout je te dis : – Bien sûr c'est toi Zorro, et c'est toi le plus fort. Alors rangeons toutes ces choses dans la sacoche de ton grand cheval noir. – Je me dépêche. Je me dépêche. Fatiguée par les regards méchants qui nous mitraillent. Mais tu affiches une mine tellement triomphante que j'éclate de rire. J'en profite pour te glisser à l'oreille que toi tu es plus fort que Zorro. Plus intéressant. Zorro c'est Zorro. Toi, tu es Sylvestre. Moi, je suis ta maman et je te prends la main pour la passer sur ma joue. Phalange… phalangine… phalangette… Souviens-toi de nos chansons. Souviens-toi de nos promenades en forêt. Réveille-toi… Je t'aime. Tu prends un air grave et je lis dans ton regard de la reconnaissance. Comme si tu comprenais tout ce que nous faisons ensemble. Ce que nous jouons ensemble. Contre eux tous. Car bientôt ce sont eux qui te barreront la route. Ce sont eux qui refuseront ton insertion à l'école. Ce sont eux qui parlent déjà de te mettre dans un centre "spécialisé". Ce sont eux qui te montrent du doigt et ne cherchent pas à comprendre. Ce sont eux qui de toute façon NE T'AIMENT PAS. Alors, doublons-les, Sylvestre ! Doublons ces salauds. Nous n'avons pas une minute à perdre jusqu'à tes six ans. Tu liras, compteras avant d'entrer au cours préparatoire. Doublons-les, Sylvestre, sur ton grand cheval noir. Tu as raison de te défendre. Tu as raison de t'imposer. Flanque-leur ta différence en pleine gueule. Si quelqu'un a le droit de s'énerver contre toi ici, c'est moi. Car moi, ta différence, je l'encaisse, jour et nuit. Tu es debout dans le caddy dans le grand passage bruyant. Nous nous embrassons au milieu de tout ce monde. Comme je sais que tu m'écoutes parfaitement je te dis que ce serait bien de redevenir Sylvestre et sa maman. Toi, tu m'aiderais à ne rien oublier. Regarde-moi. Tu as beaucoup de mémoire. Tu sais beaucoup de choses. Tu es très intelligent. Tu me réponds qu'en effet tu sais beaucoup de choses. Et qu'il y a des volcans, de terribles volcans et qu'il faut faire très attention quand on s'approche de ne pas tomber dedans car ils sont remplis de feu. Tu me dis qu'il y a aussi des planètes, d'autres planètes. C'est ton père qui te l'a appris. Tu me parles de l'INFINI. Et tu fais de grands moulinets avec tes bras. Tu as une incroyable conscience du monde et des autres mondes. A cinq ans, tu sais plus de choses sur le système solaire qu'un enfant qui serait au lycée. Quand un sujet t'intéresse, tu ne cesses de poser des questions. Tu es vraiment un étrange petit bonhomme avec une mémoire phénoménale. Tu retiens tout ce qu'on t'explique. Alors pourquoi ces accès de rage et presque de folie ? Je fais comme si j'avais tout oublié d'acheter. Je me sens une petite réserve d'énergie. Je veux que nous reprenions le chemin de tout à l'heure et repassions par la caisse sans scandale au milieu de tous ces gens. Je veux lutter contre cette foule hostile. Je veux la vaincre. Je veux t'imposer. Je dis : – Je crois que j'ai oublié quelque chose. Aide-moi, toi ! Alors je cite les noms les plus saugrenus : – Ah ! c'est peut-être une girafe ! Est-ce qu'on vend des girafes dans ce magasin ? Tu dis : – Oh ! non ! – "Alors, c'est le soleil ? Comme ce serait bien d'acheter un peu de soleil !" Tu réponds que le Soleil est dehors. Et qu'au cas où je ne le saurais pas, la Terre tourne autour et non pas le contraire. Surtout pas le contraire. Ce serait très grave. Tu me pousses le front pour me demander si je sais ce qui tourne autour de la Terre. A voir tes yeux, tu connais la réponse. Tu ajoutes que la Terre c'est un morceau du Soleil. C'est pour ça qu'il y a du feu au centre de la Terre. Avant c'était le Big Bang. Si. Si. Tu me l'assures et hoches la tête en scrutant mon regard pour voir si je trouve quelque intérêt à tes propos. Je voudrais bien que ceux qui doutent de ton intelligence t'entendent. Mais tu ne parles jamais devant eux. Je te ramène à notre sujet du début : – Je sais, ce sont des yaourts qui nous manquent. Des yaourts à boire que tu aimes tant ! – Je fonce dans le rayon. Je repère une caisse où la file d'attente n'est pas trop longue. Rien à faire. Je veux répéter les gestes qui t'ont fait hurler tout à l'heure. Je les répéterai jusqu'à ce que tu acceptes le passage à la caisse sans faire de scandale et que les autres tout autour l'acceptent aussi. Ils doivent fournir un effort comme toi tu vas en accomplir un maintenant. Après tout, tu es un consommateur comme eux. La caissière aussi doit faire un effort. Ainsi que le directeur de l'établissement. Nous prendrons notre temps sous les regards hostiles. Le moment que je redoute, celui où l'employée doit valider les codes barres sur son lecteur. J'ai contourné la difficulté en achetant deux bidons de yaourt. J'en donne un à la caissière. Dès qu'il est validé, je peux prendre le tien, pour te remettre l'autre dans les mains. Je t'explique ce que nous faisons. Je te félicite d'être si aimable. Intriguée par notre manège, la femme se soulève de son tabouret pour voir s'il n'y a rien d'autre dans le caddy. Tu la regardes très durement, serrant les deux bidons contre toi. Je paie. Nous partons. A qui dire que c'est une victoire ?

Durant quatre années mes journées seront remplies d'embûches de ce genre, de découragement, d'exaspération et de ces petits miracles qui me mettent les larmes aux yeux. Quand ils ont lieu nous demeurons longtemps, longtemps, serrés l'un contre l'autre. Tu aimes autant que moi ces instants où nous nous recueillons et prenons des forces pour continuer de lutter. Ensemble. Je n'ai jamais différé une étreinte, un baiser. Même au milieu des autres, je trouve naturel que tu puisses m'escalader comme si j'étais un arbre où tu trouves refuge. Cela peut paraître naïf à certains, mais j'ai toujours pensé que je te guérirais à force d'étreintes, de caresses, de peau contre peau. J'ai toujours su parler ce langage des corps. Avec toi particulièrement. Sans doute parce que ce langage est lié à la résurrection, puisqu'il engendre le bonheur, la volupté, l'éblouissement du début d'un amour. Et après tout, toi et moi nous n'en sommes qu'au début. Si je veux t'infuser le calme, la joie de vivre, le désir d'apprendre, je dois retrouver, moi aussi, le calme, la joie de vivre, le désir d'apprendre. Et j'ai tellement appris avec toi. Grâce à toi. Tu m'as modifiée profondément. D'une certaine façon tu m'as rendue meilleure. Ou nous sombrions dans la rage et l'impuissance ou nous nous battions, parfois, l'un contre l'autre et cherchions, dans le dédale compliqué de ton cerveau, des milliers de chemins possibles. Je me suis aperçue d'une chose presque incroyable : il existe vis-à-vis de toi, de la part de certains adultes, une sorte de violence. Lorsque tu accomplis quelque chose correctement ils n'acceptent pas que tu refuses de l'exécuter la fois suivante et que tu restes comme un morceau de bois totalement sourd à toute injonction. Tu as l'air si "normal", au fond, que bien des êtres te prennent pour un simulateur. Jusqu'à ce que tu sois en mesure de te défendre, je te servirai de bouclier. J'ai toujours été à l'aise dans le rôle du bouclier. C'est une véritable vocation chez moi de parer les coups et de protéger les plus faibles. Je suis effarée par le nombre de gens qui guettent tes réactions non pour te féliciter ou t'encourager, mais pour te piéger. Alors que tu avais quatre ans et ne mâchais pas, on m'a dit : – Affamez-le ! Et vous verrez s'il ne mâchera pas ! C'est un drôle ! Moi, à votre place, je ne lui donnerais rien à manger ! – D'autres, à l'époque où tu as demandé qu'on cesse de t'appeler Jean, puisque, selon tes explications, Jean était mort et qu'il fallait l'oublier, ont déclaré : – Eh bien moi, je continuerai à t'appeler Jean ! Qu'est-ce que c'est que ces histoires ? – C'est difficile de trouver des êtres bienveillants qui veuillent entrer dans ton monde au lieu de t'observer.

Toi qui ne ris jamais, tu n'aimes que les gens joyeux et qui savent encore jouer, te prennent sur leurs genoux, te racontent des histoires. Constamment, je veillerai à cet équilibre. Pour moi, un enfant autiste, je l'ai appris en entrant dans ton univers, c'est un peu le Petit Prince de Saint-Exupéry. Un Petit Prince qui habite une autre planète et qui lorsqu'il se met à parler pose souvent des questions sur la mort. Peut-être pose-t-il les vraies questions. Et trouve, parfois, les vraies réponses.

Une voix d'homme au téléphone. Il ne donne pas son nom, mais prétend qu'on s'est déjà vus. Je ne réponds rien, mais je suis sûre qu'il s'agit de l'homme à la redingote. Il me dit : – Ecrivez ce que vous voulez sur Blanche. Ce sera juste. Blanche est en vous. Elle vous habite. Elle ne vous laissera en paix que lorsque vous l'aurez accompagnée jusqu'au bout de ce livre. – Et il raccroche.

J'essaie de continuer mon plan. Je tente d'écrire à la troisième personne car je veux tenir Blanche à distance. Après être descendue du train, elle a disparu sur le quai. Je n'ose pas la suivre. J'ai peur. Je ne sais pas qui elle est. Ce qu'elle veut. Où elle va. Où elle m'entraîne. Je me méfie de ceux qui voudraient m'identifier à elle. Je considère, et cela depuis longtemps, que le roman est aujourd'hui une imposture. Les médias nous gavent d'histoires toutes plus scandaleuses, plus extraordinaires les unes que les autres. Il suffit d'appuyer sur la télécommande pour découvrir assis dans son fauteuil la guerre en direct, la mort dans les stades, les navettes spatiales qui explosent, les boucheries, les tueries aseptisées ou sanglantes, les terribles rumeurs, le feuilleton des otages, les détournements d'avion, les rapts d'enfants, l'orgasme en direct avec des pénis traversant l'écran. Et puis, l'incroyable gueule du chef indien parachuté sur un plateau de variétés pour parler du massacre de son peuple et de celui de la forêt d'Amazonie. Et cet étudiant chinois arrêtant un char en marche lors du soulèvement à Pékin. Quelques semaines plus tard, la sentence de mort. Aujourd'hui, le mur de Berlin qui tombe. Le déferlement de tout un peuple. Et toujours les images, les images. Ce foisonnement d'images. Hier, dans le nord de la France, capture d'un rat albinos, de plus d'un mètre de long. Un mutant, paraît-il. Manipulation génétique dans un laboratoire clandestin ? Facile d'imaginer un film de terreur rempli de rats mutants de plus d'un mètre de long qui se reproduiraient à une allure vertigineuse et s'introduiraient dans toutes les villes, dans toutes les maisons. Aujourd'hui, les histoires les plus surprenantes nous arrivent par le petit écran ou par les journaux, ce sont les reporters et les journalistes les vrais romanciers de cette fin de siècle. Alors, pourquoi écrire ? Justement parce que c'est autre chose. Parce que cela procède d'un rendez-vous surnaturel. Je m'étonne à peine de la présence de l'homme à la redingote. Je sais qu'il va m'aider à écrire le manque, l'absence mais aussi le trop-plein des terribles joies, l'angoisse, le sable des heures et tout ce qui ne peut se dire ni se transmettre au long des jours ordinaires de la vie.

Il y a des voyages lointains d'où l'on revient inchangé. Des séjours en chambre entre un lit, une table, une lampe de chevet où l'on affronte des cataclysmes. On fuit devant un pogrome plus loin, beaucoup plus loin que Marie sur son âne s'enfuyant en Egypte. On marche dans le sable de la chambre. Il faut traverser des dunes. Chaque jour s'enliser avant d'atteindre la source lumineuse où les pages non écrites attendent.

Faut-il se sentir proche de la mort, en admettant qu'on soit d'une lucidité extrême pour écrire les mots qui brûlent ? Je m'oblige souvent à songer à la fin. Parfois aussi, je voudrais ne pas entendre cet appel du gouffre. M'intéresser davantage à la maison, aux enfants, à l'amour simple. Aux nuits succédant aux jours. A l'eau coulant sous les ponts. Que chaque chose se déroule à sa juste lenteur et que l'accomplissement se fasse sans hâte. Je hais l'impatience que j'adore pourtant.

Un soir que le soleil déclinait rouge et noir comme dans une légende hugolienne, je pensais en voyant la lune monter au-dessus des arbres qu'elle resterait toujours pour moi cette faucille d'or comme en dessinent les enfants.

Tout se passe comme si, désormais, je n'aimais que l'heure de la lampe allumée, l'heure du coin faiblement éclairé, du miroir assombri dans son eau mercurielle. Tout se passe comme si j'aimais moins le jour. Blanche n'apparaît qu'à la nuit. Dans le silence. Avec une certaine appréhension, je guette l'homme à la redingote. J'ai fini ma journée. Toi,

Sylvestre, tu dors. Une obscurité de velours noie la chambre. Avec cette neige, cette masse de neige, qui s'amoncelle devant ma fenêtre, on dirait que l'hiver presse contre la vitre un front bleu. Je me sens étrangement jeune parfois. Tant de forces dans les jambes comme si j'allais pouvoir marcher indéfiniment. Je m'étonne d'avoir envie des mandarines sur la table basse et d'une grappe de raisins noirs. Le bois trop humide chuinte dans la cheminée, c'est un chant plaintif que je préfère à celui du feu qui claque.

Blanche est partout. Dans les flammes. Dans la clarté de la lampe. Dans le vent qui agite les arbres. Dans la neige. Est-ce son front, cette lueur de glace derrière les carreaux ? Comme la Reine des Neiges, j'ai peur qu'elle ne vienne me chercher.

Blanche attendit que la micheline soit repartie. Elle s'engagea sur la voie, avertie par un écriteau que c'était à ses risques et périls et qu'un train pouvait en cacher un autre. Les traverses de bois sentaient le goudron et la graisse à machine. Elle ferma les yeux pour mieux respirer ces émanations. Lourdement, un avion à hélices passa au-dessus d'elle. Un souvenir d'enfance surgit aussi bref qu'un éblouissement. L'odeur du manteau paternel. C'était la guerre. Une alerte. Elle avait deux ans peut-être, le visage enfoui dans le cou de son père. Il la porte et court avec elle vers un abri. La rudesse du tissu militaire clouté de givre lui griffe les joues. Plus tard, en haut d'un escalier, débouchant sur les rues glaciales, elle cache son visage dans la capote d'officier où elle respire longtemps, infiniment, l'âcre fumée de la chandelle de suif qu'on vient de souffler au fond de la cave. Et cette odeur si tenace restera pour elle le parfum le plus vivant, le plus rassurant. Celui de son père la portant l'hiver, cheveux et sourcils pris dans le givre, et la serrant très fort contre lui tandis qu'ils traversaient cendres et décombres d'une ville sous les bombardements.

Ainsi les morts n'en finissent pas de ressurgir. A cause d'un lieu. Une lumière. Une odeur. Comme aujourd'hui, celle du goudron se confondant au souvenir d'une chandelle de suif. Et partout, ce ciel toujours trop grand. Dans le train on avait dit à Blanche que cette gare fermerait bientôt faute de voyageurs. Elle considéra le quai désert que l'herbe avait commencé d'envahir. De l'autre côté de la voie ferrée, un portillon ouvert sur l'éternité grinçait avec un bruit de vent rouillé. La grille retenue par un seul gond s'enlisait dans la terre, disparaissant presque sous la folle avoine, comme dans les cimetières, ces entourages de fer forgé, penchant toujours plus d'un côté autour des tombes abandonnées. Un rosier sauvage partait à l'assaut des barreaux, serrant ses nœuds avec la force d'un serpent constricteur et c'était un petit miracle cette profusion de fleurs embaumant le silence de ces lieux désertés.

Pour apprendre à aimer et tenter de guérir un enfant autiste, c'est beaucoup plus simple de l'imaginer comme un Petit Prince. J'apprendrai ton langage. J'entrerai dans ton silence. J'oublierai ce que je crois savoir. Je t'aimerai. Te respecterai infiniment. Moi te respectant, les autres te respectent. C'est spectaculaire. En dehors de nos moments d'opposition si violents, nous avons pris l'habitude de nous parler doucement. Dans la rue ou ailleurs, les gens se demandent qui est ce petit garçon auquel je m'adresse avec tant de déférence. Il m'est arrivé de répondre : – Mais, c'est le prince Sylvestre, voyons ! Ne le saviez-vous pas ? Il habite un mystérieux royaume, dont il est seul à connaître les chemins qui mènent à un trésor caché. Parfois, il accepte de dessiner un plan. Il aime beaucoup tracer des plans. Mais attention aux pièges ! Il aime aussi beaucoup voir les autres tomber dans ses pièges ! – Je me moque de savoir ce que les psychiatres pensent ou ne pensent pas de ces jeux où tu es tout le temps un autre. C'est une méthode qui te fait avancer, car "l'autre" me dit des choses sur

Jean, qu'on a laissé, là-bas dans son cimetière. Jean qui selon toi "n'est vraiment pas très intéressant et qu'il faut oublier". J'ai mal quand je pense à Jean, mais je sais qu'il renaîtra. Je sais aussi que je ne dois pas t'en parler. C'est une chance au fond de pouvoir communiquer avec toi, les moments où tu décides que tu es un autre. C'est toujours toi qui décides quand le jeu commence. Quand il finit. C'est toi qui distribues les dés. J'aime bien te suivre sur les chemins de ton royaume. Je n'ai pas peur de ce déferlement de mots dont je suis le seul témoin. La seule oreille. N'est-ce pas mieux de penser que tu es un Petit Prince plutôt qu'un enfant psychotique, présentant des troubles du comportement et de fortes tendances autistiques ? Ces étiquettes ne m'intéressent pas, aussi grises, aussi anonymes que les murs d'un hôpital. Face à toi, je suis face à un être qu'il faut sauver, un être enseveli sous les décombres. Un emmuré vivant. Te sortir de là. Te tirer de dessous ces pierres enchevêtrées. T'arracher à cette ville morte.

Chaque matin, je rejette le flot des mots qui voudrait grossir le livre interrompu. Bien sûr, tu ne m'en laisses pas le temps. Ni le loisir. Ni l'air. Ni le souffle. Mais j'ai choisi. Je T'AI choisi. J'ouvre la fenêtre pour respirer comme avant d'affronter une douleur. J'ouvre la fenêtre pour évacuer tristesse, inquiétude, déchirement de ne plus avoir le temps d'écrire. Ne plus avoir le temps de réfléchir. Ne plus avoir le goût de respirer rien que pour moi. Si je gonfle mes poumons, c'est pour toi. C'est pour transformer cet oxygène en patience. En amour. En endurance. Pendant ces quatre années le plus dur aura été de subir, non pas ton mutisme et ton silence, mais tes cris atroces et tes rages démentielles. Je crois que j'aurais pu te tuer pour que tu cesses de hurler ainsi, me rendant folle à mon tour. Pour moi, les choses sont devenues beaucoup plus supportables quand j'ai cessé de t'affronter, et que je t'ai imaginé hurlant dans tes murs invisibles pour les autres mais qui se resserraient autour de toi. Alors, j'ai cessé de crier à mon tour. Je n'ai plus eu l'envie de te battre, ni de me fracasser la tête à cause de tes abominables cris, stridents, répétitifs, qui étaient une torture. J'ai cru perdre la raison tandis que tu hurlais. Je comprends l'expression voir rouge. J'ai vu rouge plus d'une fois. Mais du jour où j'ai fait taire ces pulsions de malheur et où je t'ai regardé criant dans ton désert, je me suis servie de tout pour aller vers toi et que tu le sentes et le saches. Que tu me voies enfin. Je me suis servie de mes mains. De mes cheveux qui sont longs. De ma bouche. De ma langue. De l'eau tiède. De la douche. Du parfum. De Mozart. De mes bras. De mes larmes. De la mousse au chocolat. De ma force. De mon haleine. De mes dents. Comme après une lutte, un corps à corps sans merci, je te cloue au sol. Te chevauche et te maintiens les poignets. Je scande les syllabes de ton nom. J'attends que tu ne cries plus. Alors, je desserre ma prise, prends tes mains dans les miennes et les passe sur mon visage, dans mes cheveux. Je te dis que moi aussi je pleure parfois. Je te dis aussi : – Tu es mon fils ! Mon petit garçon. Je sais que tu m'entends. Si tu comprends, bouge la main. Comme ça ! – Et je te fais un pied de nez. Tu détournes aussitôt le visage et les yeux pour me cacher l'esquisse de ton sourire… Jean ! Sylvestre ! Ecoute. Je t'aime. Tu parleras. Tu mâcheras. Et à six ans, tu entreras au cours préparatoire de l'école du village. Mes journées ne sont faites que de TOI. TOI. TOI. Je t'apprends les couleurs. Les odeurs. Le toucher. Je t'apprends à ne plus avoir peur. Tu enregistres à une vitesse phénoménale. A cinq ans, lorsque tu as dit tes premiers mots, je t'ai parlé d'amis ou de connaissances, je te rappelais tel événement, tel artisan venu faire une réparation, tel ami étranger nous ayant rendu visite, alors que tu n'avais que deux ans. A ma stupéfaction, tu me donnais les noms, même les plus compliqués. Ainsi, tout au long de ta période de silence, tu avais tout observé, tout intégré. J'ai mis à profit tes capacités à retenir. A trois ans, tu savais lire les notes, l'alphabet et les chiffres. Comme tu ne parlais pas, j'avais élaboré un système de fiches que nous échangions et d'écriture en couleurs sur les murs de ta chambre, ce qui avait l'air de beaucoup te plaire. Je te disais : – Montre-moi la lettre G. Et maintenant le chiffre 8. Apporte-moi les deux lettres qui font le son PA. – Et ainsi de suite. Même chose pour les couleurs. Le nom des arbres. Des fleurs. Des animaux. Il s'agissait pour moi de gagner du temps sur l'année de l'école obligatoire. Celle où il faudrait bien rendre des comptes. J'étais seule à connaître tous les progrès qui s'accomplissaient. Personne ne pouvait vérifier ce que j'affirmais, car tu ne faisais plus rien en présence d'une tierce personne, même intime, ou alors tu faisais tout faux exprès. J'avais l'air de raconter des histoires. Souvent je lisais dans les yeux des êtres une légère commisération. Le revers de cette méthode consistant à se servir de ta prodigieuse mémoire fut de t'empêcher de t'installer dans une sorte d'automatisme. En effet, si j'avais écrit le A près de la porte de ta chambre et si le nombre 10 disparaissait derrière le double rideau de la fenêtre, tu n'acceptais pas que l'on puisse utiliser tous ces signes ailleurs qu'à leur place initiale. Il fallait toujours casser les mécanismes. Réinventer d'autres parcours, que tu admettes que l'alphabet puisse être lu en dehors de ta chambre, et que je ne t'entende plus dire : – A – qui est près de la porte. – 10 – caché par le rideau. – Z – comme Zorro, tout près du plancher. – Quand tu apprends quelque chose de nouveau et que je casse le moule pour te l'enseigner d'une autre manière, cela ne va pas sans régressions dans d'autres domaines. Tu me feras toujours durement payer tes acquis.

Blanche… Adieu. Blanche, exsangue de désirs. Il faudra aussi souffler sur ta vie. Mais qui soufflera sur la mienne ? Chaque matin, je tente de renaître. J'essaie d'appeler le désir de vivre. De sauver. De continuer. D'aimer. D'espérer. Chaque matin, j'évacue la boue de mon cerveau. La douleur. La rancœur. Les frustrations ne passeront pas.

Ma liberté, c'est de retourner à Blanche. Parler de Blanche. Devenir Blanche. Mourir entre l'eau et les arbres. Muette sous le ciel blanc. Muette de ne pouvoir dire l'amour dont j'ai été sevrée. Le lui faire dire à elle. Puisqu'ils aiment tant les romans, je vais leur livrer deux ou trois secrets de Blanche. Il y a en moi des paupières à jamais fermées. Des ailes à jamais rognées. Quelque chose d'une chouette effraie comme celles qu'on clouait aux portes des granges. Témoin solitaire de grands mouvements d'étoiles. Sentinelle à vif contenant ses larmes nocturnes. Je me sens souvent le jouet de je ne sais quelles conspirations, paroles, secrets, qu'il me faudra décrypter tout au long de la nuit qui commence. Et le jour aussi devient comme la nuit. Et les saisons n'en finissent pas de se ressembler. Gigantesque partie d'échecs. Mots croisés géants. Je sais qu'il me faudra passer à table. Et lutter. Et dire ce que l'autre tait depuis si longtemps. Car l'autre mourrait bien sans desserrer les dents. Il y a sans doute, aussi, une autiste en moi – comme en beaucoup d'entre nous, je crois – qui ne parlera jamais. Car parler c'est être mal compris. C'est être déjà trahi. Tout me ramène à cette table encombrée d'objets qui me font sourire de tendresse. Je ne sais toujours pas où est la vraie vie, persuadée que ce sont eux, mes enfants. Je me sens réconfortée par cet amour qui me porte et m'inquiète et pourtant m'ensevelit.

Et toi, Sylvestre, que m'offres-tu pour que je continue ? De quoi me nourris-tu ? De tes cris. Dans mon entourage, on pense sûrement à la difficulté de s'occuper de toi. D'être ta mère. Personne ne reconnaît que tes cris assassinent avant tout l'écrivain. Quand j'en parle, on ne répond rien. Tu cries, et il faudrait que j'entende les oiseaux ? Tu cries et je vois s'effilocher les premiers mots qui venaient si facilement. Tu cries et je vois s'ébouler ma pensée. J'ai fini par accepter le suicide de ma pensée. Je dois redoubler d'attention quand je conduis. Parfois, je ne sais plus compter. Je ne trouve plus les mots pour dire les choses de chaque jour. Il m'est arrivé de souhaiter mourir pour une semaine. Juste une semaine pour voir. Voir quoi ? Je n'en sais rien. Tes cris sont des épingles sur le trajet de mes nerfs. Je ne sais plus à quelle source retrouver mes forces et mon sourire. On me dit parfois : – C'est dur, hein, pour une mère. – Jamais : – Comment faites-vous pour écrire ? –

Alors, toi, je vais te prendre comme un fil de soie, d'or ou de laine et je vais te faire traverser les pages de ce livre. Moi qui ne couds pas, ne brode pas, n'ai jamais tenu une aiguille, ton nom ornera chaque chapitre comme une oriflamme. Tu broderas toi-même ton abécédaire. Tu dessineras le rébus où se cache la réponse à ton inquiétante et énigmatique attitude. Tu te faufileras partout. Comme dans ma vie je te trouverai là où je ne t'attendais pas. Le lecteur aussi. Nous n'y pouvons rien. Ce livre n'est pas un champ mort comme je le crois parfois. Après tout, on le voit bien, démonstration est faite que les cris, les terribles cris d'un enfant qui ne parle pas, engendrent quand même un texte.

… Tout près de son oreille, Blanche reconnut le vol d'une abeille. Le rosier en était bruissant. Elle regarda encore la gare désaffectée. L'horloge était arrêtée. Elle regarda les fenêtres aux entourages de briques, le toit d'ardoises et surtout les iris presque noirs à force d'être violets, les iris aux rhizomes si forts et si vivaces qu'ils arrivaient à pousser dans les brèches du mur, aggravant les lézardes. Elle songea : – Les végétaux ont la peau dure. Plus dure que moi. –

Elle découvre tout à la fois, la lumière rose sur la gare, l'effritement du crépi et dans l'air le vol méchant des guêpes, leur manège incessant pour piller une ruche au fond du verger attenant à la petite bâtisse.

Qui avait pu habiter là ? On sentait une présence. On aurait dit que quelqu'un se cachait derrière les volets tirés… Quelqu'un respirait… L'herbe avait été fraîchement foulée sur le chemin menant à la resserre à outils. La porte en était restée ouverte. Sur un banc de pierre, quelqu'un s'était défait d'un chapeau, d'un voile d'apiculteur. D'un enfumoir encore chaud s'échappait une fumée légère. Dans ce coin, le soleil n'arrivait déjà plus, empêché par la cime des sapins. Blanche regarda le fond du jardin s'obscurcir. Il semblait maintenant interdit. Défendu par une rangée de noirs pruniers, aux troncs si penchés qu'on les croyait agenouillés comme des prieurs attendant la nuit.

Enfant, je m'interrompais brusquement dans mes jeux à la vue des nuages qui filaient. Ils symbolisaient pour moi la fuite du temps. Je savais qu'ils ne reviendraient pas, du moins ceux que je regardais à cet instant. Aussi, comme pour les arbres, les maisons, je faisais le serment de me souvenir. Oui, je me souviendrais de l'enchantement et de la terreur que me procurait ce que je prenais pour des voiles, de grands pans de manteaux, cachant le visage de créatures affligées, j'en étais certaine. Etait-ce cela le temps ? Et le temps vous poussait sûrement vers un gouffre. Le ciel était trop immense. Comment choisir une étoile ? Je pressentais que toutes ces interrogations domineraient ma vie. Il me semblait que les réponses gisaient en moi. Sous des tonnes de sable. Je ne comprenais rien à ce temps endormi. Je sentais que quelqu'un voulait me parler pour me transmettre, me transfuser, me transfigurer. Quelle était cette présence enveloppante qui ne m'a jamais quittée, mais dont je ne pouvais rien dire à personne ? Un jour, à neuf ans, par une fenêtre ouverte, j'entendis une musique inconnue. C'était le *Requiem* de Mozart. Le passage du *Lacrymosa*. Je le sais aujourd'hui. Mes larmes coulèrent. J'eus la certitude que j'étais, moi aussi, une de ces créatures marchant dans ses voiles, comme au ralenti, vers les limbes. Je sentis la présence qui grandissait en moi et me tenait la tête hors du Temps.

Présence qui me fait traverser des fleuves de boue sans que je m'enlise. Présence qui arme mon bras d'une épée. Présence terrible et exigeante qui pourrait bien ressembler, quand j'ai la tentation de lui donner un visage, au *Moïse* de Michel-Ange, gardien du tombeau de Jules II. Sans doute cette image me vient-elle d'un Larousse illustré feuilleté dans mon enfance. Le grand vieillard sans âge. Cataclysme vivant. Ordonnant aux cieux. Aux océans. Frappant du poing les montagnes. Le géant tyrannique a, depuis mon enfance, une main posée sur mon épaule. Comment me sentir mieux accompagnée ? J'en souris toute seule parfois, surtout quand je me trouve dans une trop grande solitude ou si je dois subir les tracasseries des administrations, institutions, banques et autres épiceries. O le bras de ce *Moïse* ! Les cuisses, la barbe, la joue du *Moïse* de Michel-Ange ! Depuis la nuit des temps, je voudrais rentrer dans son sein de pierre. Me lover dans ses entrailles. Etre le fruit de sa gestation. Qu'il me laisse m'accomplir dans ses flancs ténébreux, tandis que lui, tourné vers l'orient, se mesure au soleil. Enfin, qu'il m'extraie de lui. Que je sois soudée à son flanc. A ses lèvres de pierre. Pour l'Eternité. J'ai longtemps cherché cette créature, me trompant comme on s'en doute de façon pathétique…

Enfant, je restais de longues heures immobile devant les statues des squares de Belfort. J'interrogeais leurs yeux aveugles et muets. Je venais de comprendre que les êtres autour de moi mouraient. Voyageaient. Disparaissaient sans prévenir. Les statues de pierre étaient toujours là. Sous la neige et le vent. En plein soleil ou sous les ramures du printemps. Cette constance m'apaisait comme une promesse de retrouvailles. Il me semblait que je ne m'égarerais jamais tout à fait sur les chemins du monde. Les statues m'attendraient.

… Tout au long du jour, le soleil avait brûlé fort. Le soir approchant, les parfums montaient de la terre. Blanche titubait vers les étés de jadis aux parfums d'herbe coupée. Forêts. Chemins creux. Tournesols. Passages à niveau de campagne fermés comme celui d'aujourd'hui. C'était souvent une jeune femme qui sortait de l'ombre de sa maison minuscule afin de lever la barrière. Elle semblait vivre éternellement en mules et peignoir, lèvres et yeux fardés comme sur une fresque crétoise, sans doute pour attirer le regard des rares automobilistes qui s'arrêtaient. Elle semblait en dehors du temps. Quel que fût le jour, l'heure où l'on demandait à passer, elle surgissait sur le seuil de sa porte, le regard empli d'un ennui mortel, puis tournait la manivelle d'une seule main, car dans l'autre elle tenait, entre le pouce et l'index, le flacon de vernis dont elle était en train de se peindre les ongles quand la voiture avait klaxonné. Afin de ne point abîmer la laque fraîchement posée elle soufflait sur le bout de ses doigts afin d'empêcher poussières et moucherons de s'y coller. L'automobiliste avait à peine franchi le passage qu'elle haussait les épaules et, traînant ses mules sales et dorées, regagnait l'ombre de sa maison de garde-barrière où elle continuerait de se vernir les ongles en écoutant la radio le reste de l'après-midi. On ne savait plus si ce passage à niveau faisait partie d'un rêve revenant sans cesse ou d'une scène figée dans un musée de cire. L'avait-on réellement traversé et combien de fois ? Par la répétition même de ses gestes, l'attitude de cette femme avait arrêté le temps. Gardienne maussade de la campagne verdoyante, passeuse indifférente et désœuvrée ne sachant plus comment tuer les jours, elle avait le pouvoir de pétrifier la mémoire. Et le souvenir revenait de ce jeu d'école où pendant les récréations une fille en faisait tourner une autre de plus en plus vite, puis la lâchait brusquement. La règle voulait qu'elle ne perdît pas l'équilibre et s'arrêtât dans une attitude qu'elle devait garder le plus longtemps possible. C'était le jeu des statues.

Il faut, Sylvestre, que j'accepte d'être moins exaspérée par tes crises de violence, ces ornières où tu tombes si souvent. Il faut que j'accepte de ne plus écrire, de remettre mon livre sans cesse à demain avec tout le malaise que cela fait naître en moi. Il faut que j'accepte enfin que tu me prennes beaucoup et ne me donnes presque rien. Abnégation totale de ma vie. Mes pensées. Mes rythmes. Mon intimité. Ma liberté. Il me semble que je ne ris plus beaucoup. Durant ces quatre années nous avons été comme des vases communicants. Patient goutte-à-goutte. O lente, si lente transfusion de mes veines à ton sang. Je dois être vigilante et ne pas perdre contact avec toi. Ne jamais te laisser dériver seul. Dès que tu tournes des roues, j'essaie de t'entraîner ailleurs. Je touche ton épaule. J'y exerce quelques pressions comme pour te réveiller. Je descends le long de ton bras, sur ta main où je pose la mienne, jusqu'à ce que tu sortes de cette fascination, de cette stupeur hypnotique où te plongent les objets ronds que tu tournes ou encore cette curieuse façon de les tenir en équilibre du bout de tes doigts en psalmodiant deux ou trois syllabes sur un ton si monocorde qu'il en devient obsédant. Longtemps après, ta petite chanson résonne dans ma tête. Je t'appelle en scandant fort les syllabes de ton prénom. Tu te bouches encore les oreilles. Il arrive aussi que tu t'arrêtes net. Alors commence un rituel que nous répétons plusieurs fois par jour. Avec un air grave et recueilli, tu promènes ta main sur mon visage. Tu t'arrêtes sur mes paupières. Mes cheveux. Nous nous étreignons longuement. Nous traversons les étoiles. J'imprime à ton corps le rythme d'une berceuse millénaire. Nous voguons vers d'autres constellations. Où es-tu ? Je ne te quitte pas. Je ne te lâche pas. Je souffle sur ta vie. Je souffle sur tes doigts. Dans ton cou. C'est tout ce que je sais faire. Souffler. Souffler pour que la lueur minuscule qui s'allume parfois dans tes yeux ne s'éteigne jamais.

Ecoute, quand je t'attendais, je te parlais. – Je t'aime. Je t'aime déjà. J'ai hâte que tu remues plus fort. A toi seul, tu es un banc de poissons qui sautent et se poursuivent dans mon ventre. – Les mains posées sur toi, je te communique ma force que je puise dans les arbres. Alourdie par toi, ralentie, presque entravée dans ma marche, je ne me sens ni faible ni démunie, mais remplie de la même force que cette femme qui maintient ouverte la gueule d'un lion sur cette carte du tarot qui s'appelle justement la FORCE. Il me semble que je pourrais tenir debout des siècles durant, tant je sens monter dans mes artères la sève du printemps. Quelle est cette douceur de miel où baignent mes dents et mes gencives ? Je la reconnais. C'est la tendresse. Chaude. Inondante. Seconde où les génocides s'arrêtent. Où le ventre est un globe. Et l'on marche contre les autres. Tous les autres. Car, si on ne décide pas, seule, qu'on est la Reine du Monde quand on attend un enfant, personne, jamais, ne vous le dira. Personne ne vous célébrera. Et si aucun homme ne pose son oreille sur votre ventre, il faut chercher dans cette longue nuit une sorte de baiser cosmique. Chaque os de mon squelette est remis en place par un Dieu. On me donne une épée. J'ai toujours avancé avec une épée. Puis, sur mes épaules, la protection de deux mains de colosse, génie invisible qui m'accompagne, le *Moïse* de Michel-Ange. Il se tient derrière moi, me soulève pour m'aider à passer les marécages empoisonnés. J'ai des muscles d'acier. Je ne tombe pas. L'ennui et la malfaisance doivent reculer. Je sais trancher des têtes. Dans la forêt, des enfants perdus grimpent le long de mes jambes pour s'installer sur mes épaules, ma nuque, le sommet de mon crâne. J'en vois un plus faible que les autres, je le place au creux de mon bras, lui faisant une couverture de mes cheveux. Un amant vigneron m'a tressé une couronne de raisins. Les enfants la grappillent. Puis, mis en joie par ce repas, me mordillent les oreilles, le bout des seins. J'enjambe les collines. Par-dessus ma tête, le soleil couchant décline. Bientôt, la tombée du jour. Je ne quitte pas des yeux l'or du monde. Les petits sentant venir la fraîcheur du soir se rassemblent sur mes épaules, et s'enroulent dans mes cheveux. Je ne sais pas vers où, vers qui part ma joie. Vers cette étoile qui se lève ? Vers ce village, tout à l'heure échauffé de sonnailles, qui chute doucement dans la nuit ? Vers le dos clair des moutons se pressant autour du berger, cette lampe-tempête qu'on vient d'allumer sur l'autre versant de la montagne ? Ma joie est liée à cette paix providentielle. Je me fonds à ces collines et à ces prairies. Village. Forêts. A ce dernier aboi de chien dans la vallée. Au premier cri d'un oiseau nocturne. Je me fonds à cette paix universelle. Loin des massacres et des pogromes. L'eau d'une rivière souterraine coule sous mes pieds. L'odeur du foin coupé, c'est l'odeur de la litière la plus heureuse du monde. Je ne désire rien. Rien ne me manque. Avec tous ces enfants serrés autour de moi, je m'endormirai dans la lumière d'argent d'une lune aimante avec pour seule parure un bracelet d'herbes autour du poignet.

Mais, ce n'est pas fini. Non, ce n'est pas fini. La force que fait naître en moi le matin, la violence du désir amoureux, si terriblement lié à l'écriture, me ramène dans cette chambre austère et secrète alors que je voudrais être dans un lit, baignée de sueur et de sperme. Loin, si loin, de l'insupportable effort d'écrire.

… Déjà, la fraîcheur, et nulle main à serrer dans la sienne. Mais Blanche sentit une source sous ses pieds. Sur ses épaules cette douceur qu'on ne peut jamais partager. Cette folle douceur. Empoisonnée. Une cloche tinta dans le soir. L'angélus. Dans la lumière où flambaient les arbres, les ombres et la route, dans cette solitude d'or et de poussière, elle redit tout bas la phrase du conte : *"Je ne vois rien que le soleil qui poudroie et l'herbe qui verdoie."* N'ayant aucune main à étreindre, personne à qui parler, quand la cloche retentit au loin, elle lutta afin d'entrer, elle aussi, dans cette paix de vitrail. Dans les fenaisons des tableaux de Jean-François Millet, si calmes. Crépusculaires. Mais, pour elle, l'odeur du foin chaud était inséparable de la fournée de pain qu'on vient de cuire. Inséparable aussi de sa faim d'aimer. Depuis longtemps elle est enfermée dans ce tableau – *l'Angélus*. Quelque chose venant du ciel, du blé, des moissons entières, du travail achevé, l'apaise. C'est de cet accord entre ciel et terre qu'elle a besoin. Ce silence. Ce recueillement. Mais sa pensée glisse vers une autre œuvre du même peintre, secrète et sans doute interdite, où l'on voit dans la pénombre d'une alcôve une femme en levrette – et rien n'empêche de penser que c'est la même qui priait pendant l'angélus – et qui prie maintenant d'une tout autre manière. Elle prie afin que l'homme lui entourant les reins et s'enfonçant en elle se contienne longtemps et ne cesse sa cadence. Sa vaste respiration d'amour. Tête dans l'oreiller, cheveux collés de sueur aux tempes, elle se concentre sur le nœud qui enfle et s'agite dans son ventre. Qu'il n'arrête pas ! Qu'il ne cesse pas ! Les deux mains appuyés sur ses reins, pour les mieux faire saillir, lui, l'embouque. Il crache des mots vers un champ d'étoiles, bien plus vaste que son champ de froment. La comble de ses jurons amoureux. De prières démentes. D'Eternité. Lui, pudique et presque muet, sentant que monte sa sève et qu'il va tomber sur elle comme un cerf abattu, la compare à tout ce qu'il aime. A la miche de pain. Au vin. Au poil des bêtes. Au cul de la jument. A la terre des forêts. L'odeur de crèche quand elle nourrissait leurs petits et cette autre qui reste sur la pierre à eau quand il éventre les poissons. Celle du miel et de la pomme qui craque en s'ouvrant au feu. A genoux, rentrant et sortant d'elle, bûcheron qui la cogne dans le velours, faucheur ivre et titubant, il n'en finit pas de postillonner vers les étoiles. Elle glisse la main sous son ventre. Le saisit. Qu'il soit plus tendu, plus dur qu'un fourreau de cuir. Elle sait qu'elle va porter l'estocade, enfilant son majeur dans l'anneau serré. Elle le fait. Choisissant la seconde où donner cette mort-là. Et lui n'en finit pas de cracher son nom vers les étoiles, son nom à elle, remplie de cheveux où il peut s'accrocher. Son nom de comète en cheveux. Son nom d'étoile filante. Il lui promet sa sueur, son sperme, un champ bien labouré comme il lui laboure le ventre. Un champ bien ensemencé. Du bois pour l'hiver. Des enfants aimés. Du pain. Du vin. Pour qu'ils rient ensemble. Surtout qu'ils rient. Longtemps. Il lui promet tout. Il ne sait plus ce qu'il lui promet. Des opales. Un collier d'ambre. Un verre gravé à ses initiales. Toute sa peau d'homme. Ses os. Son sang. Ses muscles. Sa force. Ainsi Blanche dérivait vers d'autres saisons de sa mémoire.

Depuis que tu me parles et me dis toutes sortes de pensées étranges, effrayantes ou mystérieuses, je reprends des forces. Chaque mot jailli de ta bouche est comme l'étincelle produite par le frottement de deux silex. Nous sommes toi et moi des pierres dures. Désormais quand tu te mettras en colère, je penserai à ces mots entendus une fois, juste une fois. Ils m'aideront à supporter ton air trop souvent ingrat et buté. Tu ne m'as pas encore souri. Tu défends l'objet qui t'intéresse comme un chien son os. Tu t'abîmes le visage à force de te mordre les lèvres et de refuser de te moucher. L'hiver tu es couvert de dartres tout autour du nez et de la bouche. Alors, pour attirer des regards plus tendres sur toi, nous passerons beaucoup de temps à ta toilette. Je t'habillerai comme un Petit Prince. Je te créerai un style. Tu aimes les huiles pour le bain, je te fais respirer le contenu de flacons d'ambre, de vanille, de rose, d'agrumes. Je pose un peu de parfum sur les veines de tes poignets. Je talque tes pieds, tes fesses, tes aisselles. Je masse ton visage avec de la crème. Toujours, je t'explique ce que je fais, nommant chaque partie de ton corps. Je cherche toutes sortes de jeux où tu pourrais te servir de ta bouche. Sifflets. Bulles de savon, flûte, harmonica. Mais tu ne veux rien y introduire. Surtout pas les aliments solides avec lesquels tu t'étrangles. Tu sembles terrorisé à l'idée de donner un coup de dent. Tu n'as jamais mordu dans quoi que ce soit. Tes dents ne remplissant pas leur fonction, ne mastiquant pas, n'étant jamais brossées, se couvrent de tartre et deviennent noires. Je t'emmène chez un dentiste que j'ai pris soin de mettre au courant. Tandis qu'il te parle et t'explique ce qu'il va te faire, je scrute ton visage. Tu as l'air d'éprouver une immense considération pour son matériel sophistiqué. Clignotant. Virevoltant. Le fauteuil qui monte et descend. Le cliquetis des instruments. Le bruit de la roulette qui tourne, tourne. C'est sans doute pour toi l'antichambre du paradis. De sa voix calme, le praticien te demande d'ouvrir la bouche. Encore sous le coup de la surprise, tu t'exécutes. Il aura exactement trente secondes pour gratter un peu de tartre entre tes incisives. Il réitère sa demande mais tu mords tes lèvres obstinément. Ton regard se voile. Plus rien ne passe. La demi-minute de charme est terminée. Pour moi, c'est une victoire car tu as accepté cette intrusion dans ta bouche. Comme toujours quand tu as fait un progrès je te serre dans mes bras et te dis que je suis heureuse. Comme toujours tu te retiens de sourire.

Quand tu accepteras de sourire, je te dirai que je te trouve beau. Tu rétorqueras en fronçant le sourcil : – Je n'aime pas qu'on voie sur ma figure quand je suis content. –

Tu ne supportes pas les miroirs. Quand tu te vois dedans, tu hurles et dis que c'est un autre qui est là, et tu n'aimes pas cet autre qui te fixe avec un œil si noir. Tu as commencé à considérer ton reflet avec une certaine curiosité vers l'âge de six ans. C'était après ta première séance chez le coiffeur. Jusqu'à cinq ans tu as porté les cheveux longs. On te disait un peu trop souvent : – Bonjour mademoiselle ! – Je t'ai demandé si cela te plairait d'avoir les cheveux raccourcis. On supprimerait ta frange pour dégager ton front superbe. Haut et lumineux. Cette idée te faisant plaisir, je t'emmène dans un grand salon blanc rempli de plantes vertes, de miroirs, de créatures féminines habillées comme des cosmonautes, qui s'empressent autour de toi. On t'enlève ta veste et tu te retrouves avec une cape blanche, soulevé, assis sur une pile d'annuaires dans un fauteuil tournant, ô comble de joie ! La tête en arrière, shampouinée, frottée, rincée, tu ne pipes mot. Après quoi, Soizic – c'est le nom de la jeune fille qui s'occupe de toi – t'entraîne au travers des miroirs et t'installe dans un autre fauteuil face à une glace triptyque multipliant ton visage à l'infini. Tu baisses les yeux pour éviter de rencontrer ton image. Soizic tourne les pages d'un immense catalogue et te propose des modèles de coupes. C'est l'époque où tu ne veux parler ni en public ni à une tierce personne même en ma présence. Tu me tires par le col afin que je sois l'interprète de tes paroles auprès de la jeune fille. Tu me dis à voix basse que tu ne veux pas regarder ce catalogue parce qu'il est rempli d'enfants tous moches et méchants. Comme à la maternelle. Tu me dis aussi que Soizic a l'air gentille quand elle te regarde et que c'est beau de porter comme elle des bagues à chaque doigt. Soizic lève ses ciseaux. Adieu boucles blondes. J'en ramasse deux ou trois. Celles qui dorment dans une enveloppe aujourd'hui. Tu affrontes ton image dans le miroir. Soizic s'arrête parfois de couper et te fait redresser la tête pour contrôler son travail. Elle te prend le menton, te tourne le visage en tous sens, se déplace autour de toi sur son tabouret à roulettes. Elle s'arrête pour te sourire dans le miroir et te demande si ta nouvelle coiffure te plaît. Plusieurs fois tu as évité son regard dans ce miroir qui te fait peur. Puis, soudain tu lui rends son sourire. Tu te dévisages dans la glace et c'est un petit miracle, une part de ta renaissance, tu souris à ton reflet. Tu t'enhardis, saisis les mains de Soizic, caresse ses bagues et lui dis : – Elles sont belles. Elles sont bleues. – Puis la regardant : – Toi aussi tu es belle. Et tu as l'air contente. – Mon petit garçon vient de parler à une autre personne. Il s'est regardé avec joie dans la glace. Toutes choses que font les enfants naturellement. J'ai du mal à contenir mon émotion.

Dehors, il y a du soleil. Je te serre la main, te prends dans mes bras et valse avec toi sur le trottoir qui sent le printemps et la sève des arbres. Et je ris dans ton cou de tout cet amour, cette incroyable épopée que tu me fais vivre. Tu es un drôle de petit bonhomme, tu me tends les bras comme s'il y avait une urgence à être aimé. A l'exprimer. A le vivre. Là maintenant. Tu es ouvert, sensible. Tu raisonnes. Tu écoutes. La minute d'après tu te rouleras par terre en vociférant, parce que je te demanderai d'avancer ou te refuserai un jouet dans une vitrine. En une fraction de seconde tu fais tout basculer. Tu n'entends plus. Tu m'envoies des coups de pied, te tords les mains. Ton visage qui était beau et paisible n'est plus qu'une grimace. On dirait que tu luttes avec un démon. Je te parle, te dis nos mots clefs. Ils ne marchent plus. Il n'y a plus de serrures. La rue devient folle. Comme en temps de guerre, pendant une alerte, les obus tapent n'importe où. Les toits s'écroulent sur nos têtes. Assassinés, les mots qui venaient. Vitriolé, ton sourire qui naissait. Voilà une journée qui avait le goût du miel, de l'harmonie, de l'unité retrouvée. Nous marchions main dans la main et te regardant, je sentais monter la joie que j'avais crue enfuie. Je revoyais ton reflet dans le miroir, que tu considérais sans panique, sans hurlements pour la première fois, les bagues de Soizic que tu touchais avec tant de plaisir et puis, sur le trottoir, ta main dans la mienne. La mienne si vide brusquement. Ta main, la pression de tes doigts, ton regard où j'ai lu du contentement et comme un petit air de fierté. Que la joie rend léger ! Combien de minutes avons-nous marché, tête dans le ciel ? Je sentais les mots du livre revenir, affluer sous mes tempes. Il aurait fallu que je les note sur le petit carnet pendu à mon cou, mais j'aurais dû lâcher ta main. Ne pas briser cet instant. Ne rien noter. Les mots j'irai les chercher un autre jour. Combien de mots ai-je ainsi abandonnés pour toi qui est en train de me faire payer cher le sourire dans le miroir, les phrases dites à haute voix dans le salon de coiffure, tout ce qu'il est convenu d'appeler tes progrès et que je suis bien la seule à considérer comme tels. Une fois de plus je mesure cette solitude. Voilà une journée fusillée. Pour tout. L'amour. L'écriture. Les élans de tendresse. Assassinés, les mots qui venaient. Tués dans l'œuf. Mon livre, mon pauvre livre recule à l'horizon. C'est fini, j'ai perdu le goût d'écrire. Tu me prends tout. Comme je hais, je hais tous ceux qui me demandent des nouvelles de mon livre : – Alors, vous n'écrivez plus ? Et ce roman c'est pour quand ? Hein, ce roman, c'est pour quand ? – Mon roman ? Il est là par terre à mes pieds qui gigote et hurle, mon roman. Les passants s'arrêtent. Les commentaires vont bon train : – Pauvre femme !... Quel sale gosse !... Oh ! les beaux habits pleins de boue !... J'ai encore jamais vu un caprice pareil... Ils sont trop gâtés aujourd'hui... Mais qu'est-ce qu'elle attend pour le relever son gamin ! – Mains dans les poches, plantée sous le ciel, apparemment calme, je tente d'évacuer la rage qui m'habite. Un poison. Un véritable poison qui voudrait faire sauter mon cerveau. Une bombe qui pourrait pulvériser toutes les vitrines de cette rue de la Liberté à Dijon, où je me trouve, mon fils vautré à mes pieds. Des yeux je cherche le ciel. Un peu de bleu par-delà les immeubles. Je respire profondément comme on le conseille pendant les accouchements. Ce qui d'ailleurs ne sert jamais à rien. En tout cas, pas à atténuer la douleur. Mensonges. Menteurs. Pour cesser de souffrir, je réussis à quitter mon corps, à ne plus être dans ma peau. A considérer mon fils comme s'il n'était pas le mien. Mais j'ai horreur de cette désincarnation. Je regarde Sylvestre vautré à mes pieds, en train de pousser de très sales cris. La bave et la morve recouvrent son visage, tout à l'heure si calme. Je mesure le chemin me restant à parcourir. Un titre me vient pour un livre qui ne s'écrira jamais : *Bleu dur*. Sans doute à cause de ce ciel au-dessus de nous. Bleu. Mais dur. Vraiment dur. Et je sens Blanche qui voudrait prendre la place dans ma tête au lieu de toute cette chienlit. Et je comprends pourquoi elle veut chanter, pourquoi elle renaîtra dans une autre peau. Comme si un jour ou l'autre, il fallait racheter même sa peau.

… Elle étreint son arbre plus fort. Elle ose défaire le châle qui lui cachait la tête et le cou. Elle offre son visage aux derniers rayons du soleil. Au vent. A l'arbre. A l'invisible présence. Elle a ôté ses mitaines de dentelle noire pour caresser l'écorce à mains nues. Est-il possible d'aimer à ce point les arbres ? Elle ose enlever sa perruque pour sentir le vent sur son crâne. Elle a bien regardé autour d'elle. Personne pour la voir ni la reconnaître. Mais qui aurait reconnu cette femme au visage brûlé, calciné, recouvert d'écailles ? Qui l'aurait reconnue, sinon en croisant ses yeux peut-être ? Violets. Du plus ombreux lilas. Un iris crépusculaire où se noyaient quelques paillettes d'or liquide. Le regard de Blanche était inoubliable. Des millions d'êtres par le monde l'avaient vue en couverture des magazines, sur les pochettes de disques, les écrans de télévision. Les grandes cantatrices n'étaient pas toujours belles. Blanche Léonard était la fabuleuse exception. Elle avait conquis le monde avec sa voix de contralto si sombre dont on disait que c'était une des plus belles de tous les temps. Qui mieux qu'elle avait chanté la *Rhapsodie pour contralto* ? Et le mot *schmerzen* ? Sa voix de tombe et de ciel. Sa voix de nuit noire aurait fait couler des larmes même à une statue. Sa voix de mère inconsolable qui berce l'enfant mort-né. Sa voix d'outre-tombe. *Schmerzen... Schmerzen...* Comme ce mot, par elle chanté, arrachait le cœur. Mais, pour qui l'aurait rencontrée ce soir, elle serait apparue comme une créature échappée d'un conte morbide, un être maléfique, inhumain, en pleine métamorphose qu'il n'aurait pas fallu croiser sous peine de subir le même sort. Tout à l'heure, de dos, ses cheveux châtains noués en catogan, elle avait pu faire penser à une jeune fille se hâtant vers son village. Comme dans ce conte nordique où la Sirène en échange d'un amour partagé a donné sa langue, et finalement ses jambes, Blanche savait qu'elle avait donné sa peau. Les médecins auraient dit "son enveloppe cutanée". En pleine gloire, en pleine jeunesse, en pleine beauté, elle avait développé cette terrible affection, un Mycosis fongoïde, appelée aussi maladie de l'homme rouge, une sorte de cancer envahissant toute la peau.

Elle frotta les écailles de ses joues contre l'écorce de l'arbre, arrachant un peu de sa peau morte. Elle passa un doigt où le lambeau était parti et sentit une douceur nouvelle, inconnue. Elle vérifia dans le miroir qui ne quittait pas sa poche : au milieu des écailles terreuses éclatait une tache rose comme un pétale. Une peau neuve repoussait sa peau desséchée. Elle ferma les yeux, songeant avec terreur qu'elle était en pleine métamorphose. Lente métamorphose. Il faudrait être patiente. Depuis longtemps, elle ne pleurait plus, mais le front contre l'arbre elle grimaça à la pensée de devoir tant attendre. Lépreuse moderne, elle était condamnée à n'embrasser que les arbres. Qui aurait pu se pencher ou seulement regarder en face ce visage couvert de pustules écailleuses qui commençaient à tomber ? La splendeur du regard violet soulignait encore cette abomination. Il fallait vivre cachée. Dans son miroir, Blanche était la seule à tenter de décrypter ce vieux parchemin qui se défaisait d'elle et commençait à s'effriter. Elle savait qu'elle avait ainsi payé son union durant quinze ans avec un mari pygmalion et barbare. Génie tout-puissant. La musique faite homme. Aucun de ces qualificatifs ne manquait aux critiques musicaux au sujet du grandissime chef d'orchestre Victor Léonard. Quand on voyait Blanche en sa compagnie, on rêvait à l'amour infini qui sans doute les unissait. Et lorsque à la fin des concerts, sous les ovations du public debout, Victor Léonard s'avançait vers sa femme pour lui baiser la main, personne n'aurait pu soupçonner que Blanche, cette créature adulée, descendait les marches de l'enfer. La foule délirait quand il l'amenait sur le devant de la scène, puis, la désignant au public et s'écartant d'elle, s'inclinait pour la saluer avec la roide élégance d'un prince balte. Elle souriait, des fleurs offertes dans les bras. Elle souriait et son front haut captant la lumière semblait renvoyer au public toute l'énergie et tout l'amour dont elle était capable. Elle souriait comme ces femmes qui portent un destin fabuleux et savent qu'elles paieront un jour. Plus la foule délirait, les bras tendus vers elle, criant son nom, l'exhortant à chanter encore, plus elle semblait s'éloigner dans la lumière. Le public ne savait pas que sous la robe aux reflets moirés, la dentelle noire recouvrant les bras, sous les mitaines progressaient implacablement les tatouages monstrueux, les fleurs nauséabondes du Mycosis. Après avoir salué une dernière fois, souri une dernière fois, elle quittait la scène avec le port d'une reine partant pour un exil et qui ne se retourne pas.

Elle se précipitait alors dans sa loge qu'elle fermait à clef. En proie à d'insupportables démangeaisons, elle dégrafait sa robe et grattait ses plaies au point de s'écorcher et de s'arracher de véritables lambeaux de peau. C'était un cancer visible et douloureux dès le début. On devenait écarlate de la tête aux pieds. Dans sa loge, Blanche ne supportait plus la lumière. Ni aucun vêtement. Elle se mettait nue et dans le miroir même éteint, elle regardait les lichens immondes du Mycosis ramper le long de ses cuisses, ravager son ventre, imprimer à ses seins qu'elle avait si beaux des tatouages mortels, ramper encore le long de ses bras, sous les aisselles, entre les doigts, sous les ongles, ramper, progresser le long de la nuque et du cou si neigeux autrefois. Elle savait que ces fleurs carnivores allaient atteindre son visage. Elle sentait toutes ces ramifications, ces bras tentaculaires croître en elle. Bientôt elle ne pourrait plus résister. Il lui faudrait annuler ses concerts. Tout quitter. Se sauver. Se cacher.

Certains matins, le chant du coq réveille en moi l'écho d'une vie antérieure. Ainsi que la cloche d'une église de campagne surtout quand elle tinte vers six heures du soir. Tout mon être penche vers cette autre vie où m'attendent de longs baisers au pied des arbres. C'est dans ce vertige que naissent les mots qui forgent un livre. Et Blanche dit qu'elle a sa place dans ce livre. Au cœur du livre. Entre les lignes où crie Sylvestre. Dans les pages du silence. Je lui laisserai prendre la place qu'elle voudra. Je marcherai derrière elle. J'irai là où elle ira.

Afin d'éviter les scandales en dehors de la maison, il faudra que je joue sans cesse avec toi. Il faudra que je joue à être une autre, et que je m'adresse à toi comme si tu étais un autre. Jeux et tendresse sont les deux mamelles auxquelles tu puises inlassablement. Je ne me pose pas de questions sur les conséquences. L'essentiel pour moi c'est d'avancer. Je suis souvent exaspérée de devoir être une sorcière, une naine, un chien, Peau d'Ane. Un robot. C'est la seule façon d'obtenir de toi les choses les plus élémentaires comme de descendre d'une voiture et de me suivre pour faire des courses. Je dis : – Descends vite, je crois que j'ai vu Zorro derrière la fontaine. Il est là, j'ai vu un morceau de sa cape. Vite, il est entré au Mammouth. – Nous le poursuivons dans les rayons. De la sorte, j'arrive à faire des achats. Quand ce n'est pas Zorro, c'est un ours. La sorcière de Blanche-Neige. Le Petit Poucet. Le loup. Un terrible dragon. Bref, tout ce qui t'amuse. Parfois, je fais intervenir des tierces personnes que je ne connais pas et qui jouent le jeu. – N'est-ce pas, monsieur, que le Petit Poucet est passé par là et qu'il avait l'air très malin avec ses cailloux blancs ? Tellement malin qu'il avait prévu d'emporter une tartine dans son sac ! – Tu n'as jamais mâché une seule fois dans ta vie. Tu te plantes devant l'inconnu qui opine du chef. Je commence à manger ton goûter, celui dont tu ne veux jamais parce que justement il faut mordre dedans. Toi, tu attends l'autre, l'éternel petit-suisse avec sa cuillère. Je te lance un défi. Tu le sais bien. Je continue de parler à l'homme sans plus m'occuper de toi. Je ne sais plus quoi inventer pour que tu mâches enfin, pour que tu donnes ton premier coup de dent. Même une banane, tu ne veux pas mordre dedans. Tu peux te gaver de mousse au chocolat, mais tu ne croqueras pas dans un morceau de chocolat. Tu le renifles, le portes à tes lèvres, mais au moment de l'introduire tu fermes la bouche et dans ton regard il y a de la panique. Je continue à parler avec l'inconnu. Je lui dis que la tartine du Petit Poucet a des pouvoirs magiques autant que ses bottes de sept lieues. Je t'observe du coin de l'œil. Tu m'observes aussi. Je sais que tu attends que je me lasse ou que je me trompe dans le scénario. Cela te permettrait de hurler en te bouchant les oreilles. De ton œil noir, tu observes l'inconnu, puis tu scrutes à nouveau mon visage. Je ne taris pas d'éloges sur ce Petit Poucet. Je sens que tu t'agites. Tu vas prendre une décision. Tu m'arraches la tartine des mains, te plantes devant le bonhomme et pour la première fois à l'âge de cinq ans, tu mords dans un morceau de pain. Tu veux prouver à cet étranger que c'est toi le Petit Poucet ou qu'en tout cas, tu peux faire aussi bien que lui. Pour la première fois, tu mords. Tu mastiques. Surtout ne rien dire. J'en tremble de joie. De fatigue. D'inquiétude. Je guette le moment où il te faudra avaler. Tu mâches avec beaucoup d'appréhension. Tu as l'air très angoissé de franchir ce pas. Tu te débrouilles comme un bébé de douze mois. Tes mouvements sont malhabiles, tu oses à peine appuyer tes dents sur la mie de pain comme si tu craignais d'anéantir des mondes. Tu n'oses pas avaler. Ton visage change. Tu me jettes un regard suppliant et ouvres la bouche. Je te dis de recracher dans ma main. Tu es éperdu de reconnaissance. Je te tiens serré contre moi. Longtemps. Autour de nous, personne ne peut mesurer l'immense effort que tu viens d'accomplir.

Si je n'étais pas écrivain, les choses seraient peut-être moins difficiles. Tes cris sont des décharges électriques dans mon cerveau. Je me recroqueville, me racornis, me voûte sous ce supplice. Les mots qui venaient avec la naissance du jour, les phrases qui se formaient, les voilà extirpés comme des dents, scalpés comme des cheveux. Me voilà édentée. Tondue. L'exil. L'exil en soi-même. Le double exil. Celui de l'écrivain. Celui de la mère d'un Petit Prince autiste qui veut sauver son enfant. Un abîme où s'en va toute mon énergie, où l'on tire sur chacun de mes nerfs. J'ai la nausée de descendre dans ta spirale. Parfois, je cache mes yeux hagards derrière des lunettes sombres. J'ai le cerveau aplati. Martelé par tes cris et ta voix monocorde répétant toujours les mêmes syllabes, les mêmes mots sur le même ton. Supplice de la goutte d'eau. Je ne te laisse jamais construire ta tour infernale. Je ne te laisse jamais t'y enfermer. J'en sape la base immédiatement. Je n'ai pas lu d'ouvrages sur l'autisme. Mon instinct me dit NON. Je sens leurs auteurs pessimistes. Défaitistes. Je ne veux pas qu'ils entament ma belle foi. Ma rage de vaincre. Je ne veux pas que tu sois un cas parmi d'autres, car pour moi tu es UNIQUE. Plus tard, je les lirai peut-être quand nous serons loin, très loin de notre épreuve. Tes explications, si tu m'en donnes un jour, seront la seule vérité en ce qui te concerne. C'est en pensant à cette rive que nous atteindrons ensemble que remonte en moi l'énergie dont j'ai besoin, et je me demande pour quel genre d'amour je suis faite, moi qui ne rêve que d'amour fou, pour ressentir, te serrant dans mes bras, une félicité absolue qui dépasse de loin, de très loin les grandes amours auxquelles j'ai cru.

Il paraît que les jours s'allongent. Le ciel n'est pas vraiment bleu par la fenêtre, mais c'est le ciel. Je voudrais avoir une main froide dans la mienne pour la réchauffer.

Pleurer. Pleurer doucement. Contre un arbre qui ne dira rien. Gardera le secret. Pleurer de voir Blanche s'enfuir car je dois retourner à toi, Sylvestre. Il faut maintenant faire céder les deux derniers bastions : le refus de déféquer et la peur folle, irraisonnée des ballons qu'on gonfle avec la bouche, offerts dans les magasins de chaussures ou pendant les fêtes enfantines. J'ai mis un certain temps à établir la relation entre défécation et ballons. Jusqu'à sept ans tu as refusé d'aller à la selle et cette attitude a beaucoup compliqué notre existence. Jamais tu ne me demandais. Je guettais ta mine. Souvent j'arrivais trop tard. Tu te souillais n'importe où. Jardins. Rues. Magasins. Restaurants. Cinémas. Trains. Baignoires. Piscines. Il nous fallait quitter les lieux brusquement. Nous ne le pouvions pas toujours. Je me souviens des témoins dégoûtés. Il fallait te torcher avec des moyens de fortune. N'importe où.

Toujours obligée de sortir avec un flacon de Mustela, un autre d'eau de Cologne pour mes mains. Des kleenex. Du coton. Un sac en plastique vide pour y mettre tes vêtements souillés. Un change complet et même une paire de chaussures, car il n'était pas rare que le tout dégouline sur tes pieds.

Parfois, j'ai peur. Je sens que mes forces diminuent. Mon énergie fout le camp. J'ai peur de ne plus pouvoir t'aimer. Je n'ai plus de réserves d'amour. Tu m'en as trop fait. Je ne peux plus ouvrir les bras. Je t'en veux. Je t'en veux de saper ma vie à ce point. De geler ma vie. Je ne ressens plus rien. Je fuis au-delà de mes nerfs, comme si je les quittais. A force de me dominer, j'ai l'impression de me désincarner. J'ai conscience que je suis en train de perdre tous les désirs. La notion même du plaisir me quitte. Je navigue dans des eaux dangereuses. J'erre dans le brouillard. Je le sais. Je m'en fous. Je ne mourrai pas sans t'atteindre. Plusieurs fois par jour, je refais surface, comme une nageuse qui donne le coup de talon qui la fera remonter du fond. Ce n'est pas tant la mère que tu asphyxies, c'est l'écrivain. Personne autour de moi n'en tient compte. On me dit : – C'est dur, hein ? C'est dur un gosse comme ça. – Est-ce qu'on ne pourrait pas reconnaître que c'est dur, justement, parce que je suis écrivain et que je n'ai pas une seule heure à moi ? Est-ce qu'on ne pourrait pas me poser les vraies questions ? A certains moments ma vie ressemble au tracé plat de ces appareils branchés sur les êtres en coma dépassé. Amour dépassé. Coma dépassé. Même combat. Quatre ans que je ne vois plus les saisons. Je les confonds. Mais il paraît qu'il n'y a plus de saisons. Alors... Parfois, quand je subis tes cris par lesquels tu manifestes tes refus les plus élémentaires, je me sens comme une femme qu'on aurait ligotée sur une chaise dans une chambre de torture. Giflée à tour de bras. Sonnée. Vidée. Exsangue. K.-O. Foutue. Complètement foutue. Je me surprends à dire à voix haute : – Je suis foutue. – Ma vie s'effrite. Mon livre s'émiette. Chaque jour, il y a ces mots avortés à cause de tes cris. Tout a un goût de cendres. J'en ai assez de ton autisme. De ces cercles infernaux que tu traces autour de nous. De ta façon de te boucher les oreilles en hurlant dès qu'on s'adresse à toi. J'en ai assez de ces objets inanimés auxquels tu sembles attribuer des pouvoirs surnaturels, de ces étranges mouvements de mains que tu fais dans l'espace comme si tu t'adressais à des êtres invisibles. Tu me prends toute ma vie et tu ne me donnes rien. Espèce de petit salaud. Saleté de gosse. J'en ai assez que tu ne souries jamais. J'en ai marre d'être liée au moindre petit morceau de ta nourriture. A tes excréments. Au plus dérisoire de tes progrès : – Il a mâché de la mie de pain ! Vraiment ?... Voyez-vous ça ! Rendez-vous compte ! A plus de cinq ans ! Comme c'est bien ! Comme c'est bien mon petit ! – Ils s'en foutent tous. Et c'est moi qu'on prend pour une cinglée avec ces progrès que je m'empresse d'annoncer. Je n'ose plus dire que je suis fatiguée. Découragée. Au lieu d'entendre les mots qui réconfortent et m'aideraient à continuer, on me répond : – C'est l'âge. Que veux-tu, à ton âge, on n'a plus la patience de s'occuper d'un jeune enfant. – On n'ajoute jamais d'un enfant autiste. Il me reste cette solitude sur le papier. Je sens qu'il me faudra tout écrire. J'aurais voulu éviter de parler de toi. Mais je te retrouve à chaque page. Je me demande si Blanche n'est pas en train d'étouffer. De mourir.

Maintenant que tu parles, tu pourrais m'expliquer pourquoi tu ne veux pas aller à la selle. Tu m'as toujours répondu : – Parce que je ne veux pas pousser. – Je suis tout le temps obligée de te mettre un suppositoire. Je sais que je crée un réflexe, mais je n'y peux rien. C'est ça ou l'occlusion. Il y a des années que j'ai tout essayé. Je t'ai massé le dos. Tandis que tu étais assis sur la cuvette. J'ai descendu le long de ta colonne vertébrale avec la pulpe de mes doigts, très doucement en faisant des cercles autour de chacune de tes vertèbres. Souvent tu le réclames. J'ai mis de la musique. Pas de musique. De la lumière. Pas de lumière. Je t'ai parlé doucement. Je t'ai raconté des histoires. Tous les contes de Grimm y sont passés. Et les contes de Perrault. Du chat perché. Je t'ai fait les marionnettes avec un vrai théâtre de marionnettes. J'ai dansé devant toi avec des masques gentils ou inquiétants. J'ai fait le poirier. Les pieds au mur. La guenon. Je me suis mise en colère. J'ai dédramatisé. Redramatisé. Je t'ai insulté. Je t'ai balancé une claque. Je suis partie discrètement sur la pointe des pieds en te disant tu m'appelles quand c'est fini. Mais une heure se passe. Toujours rien. J'ai mis au point un système de récompense qui coûte cher. J'installe devant toi un paravent. Il y a des photos et des images dans une boîte. Des punaises dans une autre. Chaque fois que tu iras à la selle sans que je sois obligée de te mettre un suppositoire, tu choisiras une image. Nous la punaiserons sur le paravent face aux W.-C. Quand tu auras dix images, tu gagneras la superbe locomotive que tu as vue dans la vitrine du marchand de jouets. Et bien sûr un circuit de rails. Quand tu auras dix autres images tu gagneras un nouveau wagon. Tu ajoutes : – Et aussi l'aiguillage ? Et le passage à niveau automatique ? – Je dis oui et je m'en vais. Belle journée au-dehors. Tous ces mots refoulés. Patience. O patience. Assise sur le perron, je tends mes joues au printemps. Je ne regrette ni mes colères ni la violence des mots qu'on me reproche parfois. J'ai le cœur qui tire. Le dégoût des saisons. Je me demande si c'est la même chose pour ceux qui sont en prison. Au fond, je n'ai jamais aimé la liberté, sans doute parce que je ne crois pas qu'on soit jamais libre. Avec les enfants, je me serai donné beaucoup de contraintes. Mais j'ai l'impression d'avoir choisi. C'est peut-être cela la liberté : choisir ses contraintes. Il me semble que c'est dans l'ordre des choses d'avoir eu à lutter contre l'autisme de mon fils. Je suis faite pour la guerre d'usure. Je peux résister longtemps. Et puis, sans toi, Sylvestre, aurais-je écrit ces pages ? Bien sûr pour l'instant tu

mets toute ton énergie à t'opposer. Et moi, au lieu d'écrire, je suis assise en bas de l'escalier, l'oreille aux aguets. J'attends ce qui sera l'événement majeur de la journée. Une selle ou pas de selle. J'attends. J'ai fermé les yeux. La lumière passe au travers de mes cils et me blesse. Mais trop souvent un rien me blesse comme la réflexion de ces gens :
– Alors, vous n'écrivez plus ? C'est dommage... Ma femme avait bien aimé votre premier roman. Quel en était le titre déjà ? Vous devriez écrire un roman. Vous savez les gens aujourd'hui ont besoin qu'on les distraie. Il faut une histoire, une bonne histoire. Si, si, je vous assure. – Sylvestre a déjà gagné neuf images. Assise sur le perron, j'attends qu'il m'appelle pour choisir la dixième. Je ressens un calme étrange, une joie presque trop menue, comme lorsqu'on a espéré trop longtemps. Cet après-midi nous allons choisir la locomotive. Je fais semblant de ne plus du tout m'intéresser à cette histoire de défécation. Les semaines qui suivent tu auras vite fait de gagner quelques wagons, le passage à niveau automatique, une gare de triage. Je n'ai plus besoin d'emporter dans mon sac un pantalon de rechange, un slip et des chaussettes, un gant de toilette mouillé dans une pochette en plastique et tout le reste. Nous sommes un peu plus libres. J'en avais assez d'être le grand inquisiteur de tes selles. Ne trouves-tu pas que nous marchons bien plus heureux dans la ville ? Reste encore ta terreur des ballons. Tu es pris de panique quand tu en vois un. Si c'est dans un magasin, tu te jettes

vers une issue comme s'il y avait le feu. Si c'est au-dehors, tu hurles en te cachant contre moi. Tu supplies qu'on enlève les ballons, tous ces ballons qui peuvent éclater. Tu te bouches les oreilles, grimaçant, hurlant de douleur, fou d'angoisse, comme si nous nous trouvions sous un ciel d'apocalypse. Tu ressembles à ces enfants du Viêt-nam dont chacun d'entre nous a pu voir les photos, ces enfants ivres de terreur qui couraient sous les bombardements. Je dois prévenir chaque personne te gardant ou te promenant d'écarter de ta vue tout ballon. Je dois surtout prévenir l'école, car à la moindre sortie, on en distribue sur le chemin du retour dans l'autocar. Je lis dans certains regards : – Parle toujours, tu nous intéresses. – Ces sorties n'ont d'ailleurs pour toi aucune signification encore, car tu n'aimes ni le monde ni le changement et comme je l'ai déjà dit, tu ne "vois" pas. Tu "n'entends" pas. Tu t'isoles. Je dois lutter avec quelques instituteurs. Ils ne veulent jamais rien prendre en compte des particularités d'un enfant quel qu'il soit. Je dois en permanence leur livrer un véritable combat. Ils insistent pour que tu participes à ces sorties parce qu'elles servent de "support pédagogique" – mots dont ils ont la bouche pleine – au programme qui suivra dans la semaine. Entre cinq et six ans, année de ta grande évolution, une institutrice me dit : – Ne croyez-vous pas que vous le marginalisez ? – Parce que je refusais que tu partes à la sortie de clôture, un voyage de quatre cents kilomètres en autobus, aller-retour dans la journée.

Quatre-vingts gosses tous au-dessous de six ans, encadrés de quelques adultes. Objectif, le zoo de Lyon par trente-cinq degrés. Sandwiches. Eau tiède et retour au pas cadencé avec l'inévitable lâcher de ballons dans le bus bondé. Et bien sûr toujours un adulte plus malin que les autres pour en gonfler un sous tes yeux. J'ai expliqué que ce n'était pas encore le moment pour toi de faire un tel voyage. J'ai rappelé que tu ne "voyais" pas encore les animaux. C'était un peu comme s'ils n'existaient pas. Sourire mi-figue, mi-raisin de l'institutrice. J'ai rappelé que tu ne mâchais pas ou très difficilement et t'étranglais avec les aliments. Sourire carrément insolent. J'ai ajouté que tu avais une peur panique des ballons et qu'il valait mieux que ce soit toi qui ne viennes pas plutôt que d'en priver tous les enfants du car. Refus total de prendre en compte le moindre de mes propos. Pour en finir, j'ai dit que tu ne participerais pas à cette excursion. Un point. C'est tout. Jusqu'à présent, à l'école, tu es anormalement discipliné. Dix de conduite toujours. C'est presque inquiétant. Quant aux résultats scolaires, ils sont satisfaisants. Nous travaillons beaucoup ensemble, mais tu dois ta réussite à ta prodigieuse mémoire, à ton inlassable désir d'apprendre. Ton problème à l'école, c'est ta vulnérabilité. Si des enfants se liguent contre toi pour te rosser, tu te laisses faire. Je dois mettre en garde les maîtres contre ta faiblesse. Ils s'en souviennent deux jours et puis ils oublient. Tu as l'air si normal que personne ne songe à te protéger. C'est la rançon de ton intégration dans une école non spécialisée. Tu ne te plains jamais. Tu ne dénonces jamais. Tu t'isoles beaucoup. Un matin de janvier, alors qu'il gelait fort, les toits étaient blancs, la route verglacée, tu t'es assis à même la pierre dans la cour de récréation, le dos contre un mur. Le thermomètre était largement au-dessous de zéro. Aucun adulte n'a été vers toi pour te relever. Je suis revenue sur mes pas pour le faire et te mettre en rapport avec quelques camarades afin qu'ils veuillent bien jouer avec toi.

Puis, à la faveur d'une absence ou d'un manque d'attention, tu t'es remis à déféquer n'importe où. De nouveau, j'ai dû passer des heures à attendre. A tout te rapprendre. Par la douceur, la persuasion, les menaces. Un matin, ayant trop attendu et sachant que nous serions en retard à l'école et qu'on m'en ferait le reproche, je pénètre dans la salle de bains où je t'avais laissé plus d'une demi-heure. Exaspérée, je ne contiens plus ma colère. J'en casse ma brosse à cheveux sur le rebord du lavabo. Et je hurle : – Mais pousse, nom de Dieu ! Pousse ! Vas-tu pousser à la fin. – Stupéfait de voir la brosse se briser, les morceaux voler dans la pièce, tu pousses et défèques sur-le-champ. La tension a été si forte que je m'en cognerais la tête contre les murs. L'air est encore sonore de ma voix. Ma sale voix de mégère. De harpie. Tu m'obliges à crier. A gueuler. A sortir de mes gonds. Je ne connais personne qui resterait plus d'une demi-journée avec toi. J'ai l'impression de passer ma vie en cage, réduite à marcher à quatre pattes, le nez sur les serpillières et dans ton pot. Je n'ai jamais vu d'aussi près les détails du carrelage, des planchers, des tapis. Ma vie se déroule au ras du sol. Si je ne m'étais pas sentie capable de faire ce chemin avec toi et que tu sois allé dans une de leurs institutions, il aurait fallu trois personnes par jour pour s'occuper de toi. Le ministre de la Santé publique appréciera, j'espère, les économies que je fais réaliser à la société.

J'ai envie de te dire que j'en ai marre de toi. Marre de tes refus. Je m'en fous que tu sois allé à la selle. Je ne supporte plus d'attendre. De commander. De provoquer. De stimuler. Je m'en fous, car je sais que tu recommenceras à te souiller demain. Je ne comprends pas. Je ne comprends pas pourquoi tu recommences toujours. Puisque tu parles maintenant. Puisque tu sais. Puisque tu comprends. En quelques secondes, tu as aspiré la joie et l'espérance dont j'avais besoin pour débuter cette journée. J'en ai mal au ventre. Penchée au-dessus du lavabo, je sens que je perds lentement ma vie.

Depuis l'instant où ma brosse a volé en éclats, je ne t'ai pas même regardé, tant je suis en colère. Je t'en veux de me pousser à bout pour finalement accomplir une chose aussi simple. C'est ta voix qui me rappelle que tu es là, toujours assis sur la lunette des W.-C. Je te regarde. Les yeux remplis d'effroi, tu laisses tomber : – Dis, maman, quand on pousse, est-ce que les poumons peuvent éclater ? Est-ce qu'ils peuvent éclater comme des ballons ? –

Je n'ai jamais regretté aucune de mes colères, aucun de ces débordements verbaux qu'on me reproche. Je hais la fausse patience. J'ai besoin de me battre contre toi. Et puis, que deviendraient nos échanges, notre amour difficile, tumultueux, si j'étais lisse, lisse comme les murs de l'hôpital où je n'ai jamais voulu te mettre ? Mais ce matin, assis sur la cuvette des W.-C. comme un Petit Prince pitoyable, comme un pantin brisé par le voyage que tu viens d'accomplir, ton regard me dit combien tu as eu peur de te désintégrer et qu'explose ton corps tandis que je te sommais de pousser. Je me rends compte de la violence qui vient de t'être faite. J'entends encore ta voix : – Est-ce que les poumons peuvent exploser quand on pousse pour faire une selle ? Est-ce qu'ils peuvent éclater ? Comme des ballons ? – Je te regarde. Mon corps et ma tête crépitent. Il me semble que je suis un de ces cierges de Noël qui crachent des étincelles. Je te regarde. Surtout ne rien dire. Ne pas s'ébaudir. Ne pas complimenter. Se taire. Tu hurlerais de honte et de révolte si j'osais trouver bien que tu sois allé à la selle sans suppositoires. Il y a encore de la panique dans ton regard. Une minute. Mais pour moi ta petite phrase. Comme une clef d'or. Arrachée. Volée à l'univers. Aux étoiles. Au cosmos. Mon petit garçon si courageux vient de me dire ce qu'il a risqué pour me donner cette clef. Sa vie. Oui, sa vie. Puisqu'il craignait tant d'exploser comme une navette spatiale. Comme un ballon.

Je ne peux rien dire, Petit Prince. Je ne dis rien. Jean… Jean-Sylvestre… Sylvestre… Jean… Je ne dis rien. Minute géante. Etoile glacée. Toi et moi dans la neige des mots. La neige dans cette salle de bains. Ta bouche si longtemps pétrifiée vient de cracher comme dans le conte, non pas des pierres précieuses, mais une clef. Une clef d'or. Et tout cela se passe ici. Sans personne. Sans témoin. Juste toi et moi. Tu me regardes. Tu attends. Je soulève ton corps de chiffon. Une fois debout, tu durcis tes muscles. Tu réclames une lampe de poche pour éclairer le fond de la cuvette. Tu tires la chasse. Après t'avoir lavé en silence je te prends par la main, t'entraîne vers le fond de la maison dans une chambre remplie de livres. J'en ouvre un pour toi, lourd et très grand. Tu le humes et dis qu'il sent le champignon. Sans doute, car la pièce est un peu humide. Ici l'hiver dure longtemps. Je tourne les pages à la lettre P. Poule… Poulet-Malassis… Poulie… Pouligny-Saint-Pierre… Poulpe… Pouls… Poumon… Je te montre des poumons en coupe. Poumon : viscère contenu dans la cavité thoracique et qui est le principal organe de la respiration… Le poumon organe essentiel est entouré par la plèvre et se compose de petites cavités remplies d'air communiquant avec l'atmosphère par les bronches, la trachée, le larynx, le pharynx, la bouche, etc. –

Epuisé par ce grand voyage, tu te loves contre moi. Nous nous allongeons sur le sofa. Le Larousse illustré est tombé à terre. Par la fenêtre ouverte la brise du mois de juin soulève les pages et les mèches de nos cheveux. C'est tout le printemps qui entre dans la maison. Les arbres croulent d'oiseaux. On voit sauter les écureuils de branche en branche.

Ton regard se fait si grave soudain. Sans rien dire tu me caresses la joue. Dans tes yeux, une confiance éperdue. Je sais que cette seconde, je l'emporterai pour toujours. Ton regard. La lumière de juin. Le chant des oiseaux. La qualité de ton regard efface toutes mes peines. Seconde heureuse. Suspendue. Comme une bénédiction en plein ciel. Un voyage en apesanteur. Je sais que tu n'as pas de planète et que je suis ta terre. J'ai beaucoup de forces encore et tu entends, pas une seconde je ne te lâcherai la main.

Après chaque concert, Victor Léonard avait coutume de dîner avec quelques jolies femmes. Il passait le reste de la nuit au-dehors, estimant n'avoir aucun compte à rendre à Blanche qui lui devait tout, affirmait-il. Ainsi, durant quinze ans, elle avait donné sa voix, sa peau à ce mari pygmalion qui lui répétait chaque jour qu'il ne la désirait pas. C'est sa voix qu'il aimait. Il allait jusqu'à imposer les enregistrements de sa femme à ses maîtresses. Pas un orgasme dans les chambres d'hôtel sans la voix de Blanche sur disque compact. C'était sa façon de lui rendre hommage tout en humiliant ses maîtresses. Surtout quand il exigeait que l'une d'entre elles s'agenouillât nue, des écouteurs sur les oreilles, et lui fît une fellation sur le lied altier, *la Jeune Nonne* de Schubert. Quand elle rencontra son mari, Blanche avait dix-huit ans. Lui, était déjà un chef d'orchestre de renommée mondiale. La voix de cette très jeune femme, son interprétation de *la Rhapsodie pour contralto* de Brahms l'émut tellement qu'il dut essuyer ses larmes et s'interrompre en pleine répétition. Il était amoureux fou de sa voix et ne pouvait plus s'en passer. Pour donner le meilleur d'elle-même, Blanche se soumit à un inlassable travail. A chaque concert, elle chantait avec une ferveur nouvelle pour oublier le désert de son corps. Elle chantait comme l'appeau dont on a crevé les yeux et dont le chant de douleur rend la voix plus poignante. Plus juste encore. Au concert, il n'était pas rare, de voir des femmes et des hommes joindre les mains, fermer les yeux comme s'ils étaient seuls pour l'écouter dire cet inaccessible amour dont elle était si mortellement sevrée.

D'ailleurs que chantait-elle d'autre sous des paroles déguisées, sinon : – Regardez-moi ! N'ai-je pas comblé votre solitude et votre peine avec ma voix ? C'est ma vie, toute ma vie qui passe dans ma voix ! Qui me chantera cette berceuse que je vous ai tant chantée ? Qui me bercera, moi, de sa voix comme j'ai bercé en vous le nouveau-né qui se désespérait ? Le fou d'amour. Le mourant dans sa sueur d'agonie. Aujourd'hui, entourez-moi ! Réchauffez-moi ! Tendez-moi la main ! Je ne veux pas mourir. Seulement changer de peau. Renaître dans une autre peau. Je chante. Mais vous avez devant vous une femme bafouée. Mal aimée. Ma peau est un désert. Elle se venge et tombe en lambeaux. Elle suinte et s'ulcère de partout. Tout à l'heure quand vous quitterez les lambris dorés, les velours grenat de cet opéra, je serai seule dans ma loge en proie à d'insupportables démangeaisons. Réduite à l'état d'une guenon qui se gratte. Sous ma robe de rêve, ma peau s'écaille et se défait. Le miroir me renverra des ulcérations purulentes. Je ne supporte plus l'odeur du saindoux dont je dois me badigeonner tout entière, comme m'a recommandé de le faire mon médecin. La voilà, la plus belle diva de tous les temps, enduite de graisse de porc pour calmer le prurit de son cancer cutané. Allongée sur une serviette éponge, toutes lumières éteintes, le téléphone à portée, mais qui appeler ? Et QUI appelle ? La voici, cette femme enviée. Si mal aimée. La voici dans l'attente que sa peau se calme. Depuis sa maladie que tout le monde ignore, il en est ainsi. Après avoir chanté, elle attend. Et se bat, muette, avec l'ombre de la mort la chevauchant. Elle voit sur son corps les griffures et les stigmates qui progressent. Elle attend les yeux grands ouverts dans la pénombre et le silence.

Il faut que je quitte cette peau ou que cette peau me quitte. Depuis combien de temps n'ai-je pas échangé de baiser, langues et dents mêlées ? Morsure. Si douce morsure. Ma langue ne m'a servi qu'à chanter. Pourquoi ai-je toléré d'attendre si longtemps ? – Et Blanche frottait sa peau à l'arbre comme font les chevaux sauvages.

N'aurait-il pas fallu s'en aller plus tôt ? Fuir. Retrouver une place neuve et déserte. Loin du chef d'orchestre. J'aurais dû m'attacher davantage à quelques signes. Parfois, les buis étaient plus odorants la nuit. Le cri des chouettes un appel. Et moi, j'aurais dû répondre à celui de ce jeune homme au lieu de renoncer.

Je me suis si souvent levée la nuit pour regarder par la fenêtre, accablée par la phrase du conte : "Ne vois-tu rien venir ?" Je n'aurais jamais dû oublier que rien, JAMAIS, n'arrive, surtout si on attend derrière une fenêtre.

Et pourtant, n'était-ce pas moi qui créais l'événement ? Dans les salles de concert les places étaient louées longtemps à l'avance. On parlait non seulement de ma voix, mais de mon front et même de mon parfum.

Fallait-il répondre à l'appel de ce jeune homme qui m'aimait et me l'a dit ? Fallait-il répondre à ces hommes qui m'écrivent encore me confondant avec une femme qui n'existe pas et qu'ils ne cessent d'inventer ?

Le doux crépitement de la nuit. Tel un grillon malade, je me terre dans le foyer éteint. Nuits bleues scandées par les veilleuses. Sécheresse de ma langue. Longs corridors. J'erre comme le fantôme d'une reine ou d'une serve. Ou peut-être celui de Blanche. Tirée en avant par le bouillonnement de mes veines, le chant strident de mes nerfs. Tirée hors de ma chambre, hors de moi-même pour aller vers une terrible et désolante quête amoureuse. Comme Blanche.

… Je la vois dans le couloir rouge du Palace Hôtel. Elle court pieds nus en robe de nuit dans le couloir rouge et désert. Long et vide, faiblement éclairé par les lustres de cristaux. Elle court vers les bras d'un homme qui n'existe pas. Elle court vers lui qui ne l'attendra jamais au bout du couloir. Il est dans une autre chambre avec une autre femme. A mille lieues du désespoir de Blanche. Blanche dont il n'aime que la voix.

Elle court dans le long corridor. On pourrait croire qu'elle fuit un incendie au troisième étage du Palace Hôtel. S'il y avait un incendie, elle pourrait hurler en courant au lieu de se taire. Au lieu de rentrer tous ces cris, tout ce chagrin dans sa peau.

Il n'y a personne au bout du couloir que cette femme qui s'arrête pour parler aux fenêtres.

Exaltation quotidienne après le massacre de mes forces, de mes os par les enfants. Une sorte de joie très claire, très haute joue sur les notes d'une fugue pleine d'allégresse. Avec un pincement au cœur, je pense à mes deux grandes filles presque enfuies. Je peux dire enfuies. Je redécouvre avec ces deux petits, Sylvestre, Eléonore, les gestes inépuisables. La cavalcade des jours. Les impitoyables horaires. Le corps désemparé de devoir se partager. Le fil de la lame. Tout faire. Tout accomplir en même temps. Ne pas tomber. Rester en bonne santé. S'interdire de ressentir de la fatigue. Ne jamais la montrer. Ils me prennent tout. Je ne donnerais pourtant ma place pour rien au monde. Si je suis souvent harcelée par leurs cris, leurs exigences, je guette aussi l'heure où leurs têtes alourdies de sommeil dodelinent contre mon épaule. Je marcherais des siècles avec ce poids dans mes bras où se concentre l'amour le plus rayonnant, le plus juste du monde, mais aussi le plus brutalisé, le plus martyrisé, le plus chanté, le plus méprisé, le plus bafoué, le plus dénigré. Sans doute, je resterais debout sous les crachats, les fusils, les nuages nucléaires, la menace des épidémies. La nuit n'a pas besoin d'être si noire pour me faire peur. Dans la plus noire des nuits, je marcherais comme s'il fallait sauver ces enfants d'un pogrome. Je ne sais pourquoi, je répète indéfiniment la fuite en Egypte. Je répète souvent cette scène de l'exode comme s'il fallait toujours fuir. J'ai la rage de sauver, d'arracher les enfants à un désastre.

C'est ainsi qu'un jour d'hiver dans le petit bourg où j'habite, l'envie me prit, impérieuse, d'emmener Sylvestre et Eléonore dans une charrette à bras que j'allai chercher dans sa remise. Il faisait froid. La route, les jardins, la campagne étaient recouverts de neige, mais j'étais certaine que les grandes roues de fer passeraient partout. Sans doute, je désirais rejoindre un conte d'hiver, lu dans mon enfance, rejoindre aussi le lac de Suède aux poissons gelés. Peut-être pour le conjurer. Il fallait que je répète les gestes de l'exode. L'exode du début du livre auquel je ne comprends rien, mais pour lequel je suis toujours prête. C'était déjà la fin de l'après-midi. Tout était gris. La neige tombait abondamment. Je tapissai la voiture de couvertures, d'édredons, de vieux morceaux de fourrure. J'y mis trois bouillottes de cuivre très anciennes et un biberon de lait chaud. Pour finir, j'amarrai deux parapluies et tendis dessus un sac poubelle en plastique que je nouai avec des ficelles afin de fabriquer une capote de fortune. On aurait dit la mauvaise carriole d'une de ces pauvresses qui ramassent les détritus à la fin des marchés. Je calai les deux petits dans des coussins et m'attelai entre les brancards comme les limoniers d'autrefois. Dès que j'eus avancé ainsi courbée, tirant la charrette chargée d'enfants dans ce village d'hiver, j'eus l'impression d'entrer dans une autre vie. De rejoindre une autre vie. Accomplir ce geste m'apparaissait juste et nécessaire. Il me semblait que je renouais avec une existence brusquement interrompue par un cataclysme. Tout concordait. D'urgence, il me fallait répéter ce geste. Tirer, pousser la voiture dans la neige, la sentir dans mes bras, sentir la route durcir mes jambes. Parfois, je me retournais pour regarder les petits dont je ne voyais que les yeux au milieu des couvertures et des fourrures. Je voulais que le bruit des roues de fer écrasant la neige, le grincement des essieux, les flocons tombant sur les toits et ma silhouette devant eux les tirant, je voulais qu'à jamais ils s'en souviennent, et gravent dans leur mémoire cette page ouverte d'un conte où je multipliais les arrêts pour les embrasser. Parfois des automobiles nous doublaient sans ménagement. La nuit commençait à tomber et dans la neige qui s'épaississait la charrette se mit à rouler difficilement. Je pensai qu'il me fallait un éclairage et marchai plus d'un kilomètre jusqu'au tabac-bimbeloterie où j'achetai deux lampes de poche. J'en accrochai une à un bouton de mon manteau, l'autre derrière la voiture. Il faisait nuit. Le brouillard enveloppait tout. Je vérifiai que les enfants n'avaient pas froid. Ma main ressortit bouillante de dessous les couvertures et j'éprouvai une fois encore cet étrange bonheur. Cette félicité. La charrette que je tirais était un traîneau de vie et je ne cessais de m'en émerveiller. Une phrase me revint, de mon premier livre, écrit durant un véritable exode, celui-là : "J'avançais avec la force de ceux qui savent tirer des traîneaux, corsage ouvert sur le givre, le froid planté comme une lame dans les gencives. Rien ne m'importait que d'avancer. Le ciel était bleu. La cime de cristal des sapins le transperçait comme le cri d'un Alléluia. La neige tombait sur mes épaules. En me touchant, elle me bénissait. D'ailleurs, tout me bénissait. Je me sentais bénie."

Autour de moi, le paysage avait entièrement changé, comme dans ces contes où l'héroïne s'est laissé surprendre et où tout devient menaçant. Mais le halo des réverbères dans les nuits froides et brumeuses, la lueur orangée des fenêtres au lointain, comme si dans les maisons brûlaient encore les lampes à huile d'autrefois, ont toujours fait naître en moi une joie grave car je suis sûre d'aborder un village magique où quelqu'un m'attend. La neige avait redoublé, molle et froide. Je marchais maintenant dans une soupe boueuse. La charrette devenait plus difficile à tirer. Je peinais. Souvent obligée de monter sur le trottoir pour éviter les voitures, je pliais les genoux pour avoir plus de forces. Chaque fois mes vêtements balayaient le caniveau et trempés, alourdis de neige, me faisaient une sorte de traîne boueuse. Mes bottes avaient pris l'eau. Mes cheveux ruisselaient. En une heure l'atmosphère avait changé. Parfois les autos ralentissaient, les passagers ouvraient leur fenêtre pour mieux voir et tenter de comprendre ce qu'était cet équipage. Tous redémarraient assez vite. Je commençais à craindre pour les enfants. Mais les vieilles bouillottes de cuivre tiennent longtemps la chaleur et ma main ressortit chaude de dessous les fourrures. Sylvestre dit : – Va au galop, maman ! Va plus vite ! –

Dans les rues, pas un passant. Les habitants se terraient dans leurs maisons. Je me souvins du verbe – claquemurer – qui m'avait intriguée en classe de sixième ou de cinquième. Après lecture d'un texte, tout le monde l'avait employé dans sa rédaction. La charrette avait maintenant une roue voilée dont le grincement de plus en plus aigu précipitait les gens aux fenêtres. Des femmes, des hommes appelaient leur conjoint, leurs enfants, des aïeux se déplaçaient péniblement. Leurs silhouettes se découpaient comme dans un théâtre d'ombres. Tout dénotait dans les attitudes une grande curiosité, mais quand j'arrivais devant leurs maisons et qu'aboyaient les chiens, on tirait les rideaux prestement. Parfois avec hostilité. J'étais partie légère. Je revenais de plus en plus courbée, bras et dos fatigués, m'arc-boutant pour mieux avancer. J'imaginais l'effet produit par cette noire silhouette. Petite et noire, dont le manteau trempé balayait la neige et dont les cheveux longs et défaits étaient à tordre. Que transportait-elle dans sa carriole ? Des lambeaux de vie sans doute… Elle devait être vieille. Je fus prise d'un gigantesque fou rire sous les réverbères comme devant la résurrection des poissons du lac de Suède et m'arrêtai pour donner libre cours à cette hilarité qui n'en finissait plus. En regardant tomber les flocons dans cette clarté nébuleuse des réverbères, je me sentis transportée plus de quinze ans en arrière, à Paris sur un trottoir du Marais un soir de Noël. L'artiste peintre – celui du lac gelé – désirant vivre de nouvelles amours me somma de descendre de voiture nos enfants et moi parce que “je t'ai trop nourrie toi et tes gosses et que maintenant, ma petite, tu vas apprendre à voler de tes propres ailes”. Afin de parer à toute violence, je ne me le fis pas répéter deux fois et me retrouvai dehors avec enfants et cabas tandis qu'il redémarrait en trombe. Tout me sembla beau. J'eus l'impression que c'était là, ma place. Le point de départ de mon véritable destin. Comme si, enfin, je tenais mon destin dans mes mains. J'avais toujours pressenti qu'il recouperait un jour celui de la Marchande d'allumettes. Depuis ma plus petite enfance, je l'avais su. J'avais déjà vu ce trottoir de neige, ces flocons dansant dans la lumière des réverbères. Ces vitrines de Noël. J'avais déjà tenu ces mains d'enfants dans les miennes. Tout cela m'était familier depuis longtemps. Mais moi, je ne mourrais pas comme la Marchande d'allumettes. Je vengerais son destin de misère. Je ne savais pas où aller, j'avais cependant la certitude absolue que quelqu'un m'aimait et m'attendait. Cette pensée coulait en moi comme du vin chaud. Dans mes jambes montait une force orageuse. Je n'étais pas triste. Ni seule.

Ni abandonnée. Ni rien. J'étais moi. Tout entière face à mon destin. Dans mon sac, une pomme, une orange, quelques biscuits et vingt francs. Les petites n'étaient pas inquiètes. Elles écrasaient leur nez contre les vitrines de Noël. Je me souvins d'une amie qui habitait le quartier. Je l'avais perdue de vue depuis longtemps. Je frappai à sa porte. Elle n'était pas là. Je décidai de l'attendre, assise sur le palier, les enfants entre mes jambes, recouvertes par ma cape. Elles avaient grignoté les biscuits, sucé les quartiers d'une orange, maintenant, elles avaient sommeil. Elles ne demandaient rien. Mêlées les unes aux autres, nous avions chauds. Chaque fois que la minuterie s'allumait, je disais pour justifier mon camp de fortune que malheureusement mon amie était absente. Mais je patienterai, assise sur le palier car les enfants étaient fatiguées par le voyage. Bien sûr, nous aurions dû prévenir. Tant pis, nous attendrions, car nous venions de loin. Merci, nous n'avions besoin de rien. Après cette nuit, il y en eut bien d'autres, périlleuses, hasardeuses. Je garde le souvenir d'une inlassable marcheuse tirant et portant deux enfants.

Quinze ans plus tard, je compris ce que signifiait ce soir d'hiver dans la neige, sous les réverbères, ce soir où tout allait bien pour moi, je compris ce pèlerinage avec la charrette, répétition de mes anciennes marches. Ce besoin de me promener vivante dans ma mémoire et de défier certaines étoiles. Sentir à nouveau l'exode dans mes bras et mes jambes. Il m'était impossible d'être simplement bien dans une chaude maison, car je sais, j'ai toujours su ce que dit le proverbe : rien n'est jamais acquis.

Je glissai ma main sous les couvertures. Les enfants avaient chaud. De l'autre côté de la route ce n'était pas une masure sans feu et sans nourriture qui nous attendait. De l'autre côté de la route, au milieu des arbres, notre maison se dressait, belle comme un château et pour qu'elle m'apparaisse encore plus accueillante et que je sache bien que ce n'était pas un rêve d'y entrer, j'avais pris soin d'y laisser une lampe allumée. Je la regardai briller de loin sous la masse énorme des toits d'ardoises. C'était, au centre de la façade, la lucarne ovale d'un œil-de-bœuf découpant dans la nuit une clarté orangée. La maison nous regardait. La maison nous attendait.

Tu m'éreintes, Sylvestre, tu m'éreintes. Mais les autres me fatiguent encore davantage. Le chœur des autres. Ceux qui savent tout et n'écoutent rien. Ceux qui ne veulent pas voir de différence entre toi et un autre enfant et disent à tout bout de champ : – Ah oui ! c'est comme pour mon fils, c'est comme pour ma fille ! Tous les enfants agissent de cette façon." – Il y en a aussi qui vous avouent avec une commisération toute particulière : – J'avais bien remarqué qu'il avait un p'tit quelque chose. – Tous ceux-là me fatiguent. Mais chaque jour, je dois les affronter, puisque j'ai choisi de t'intégrer. Bien sûr la vie coulerait plus facilement pour moi si tu avais été en hôpital de jour. Et puis, tu aurais été officiellement catalogué comme un enfant autiste, difficile, caractériel, énigmatique comme on dit pudiquement. Et moi, j'aurais reçu mille condoléances, mille attentions. Les autres – ceux qui ne se réjouissent jamais de rien, ni d'une naissance, ni d'une rencontre, ni du gros lot qu'ils viennent de gagner –, ceux-là ont encore moins de raisons de se réjouir d'une guérison. Et ceux-là arrivent même à dire qu'il n'y a jamais eu d'enfant autiste. Je sais qu'il y a des stades dans cette maladie et que toi, Sylvestre, tu as fait un énorme travail sur toi-même. Nous avons réussi un véritable tour de force ensemble. Ces milliers d'heures où j'ai tout encaissé. Les joies, toutes ces joies, menues ou énormes, comparables à des victoires sur un membre blessé qui à force de persévérance fonctionne à nouveau. Et puis, ce brouillard, tout d'un coup, cette grisaille où je te perdais, derrière laquelle tu disparaissais, ces conflits atroces et cette violence entre nous, ce goût de cendres renversées sur ma vie. Et les autres, les maudits autres. Le chœur des autres : – Laissez-le donc tranquille ce gosse ! Foutez-lui la paix ! – Bien sûr, eux, ça ne les dérange pas quand tu te remets à tourner des roues, puisque, pendant ce temps, ils peuvent boire leur thé ou leur whisky en paix, ou lire un livre, écouter de la musique, ou faire ce qui les amuse. Quand tu t'isoles dans ton monde, le premier signe, c'est de te fixer sur un objet que tu pourras faire tourner, c'est aussi de te coucher sur le flanc. Les yeux vides. Le corps mou. Etrangement désincarné, comme ces pierrots que la main du marionnettiste a désertés. Je suis toujours entrée dans ton monde. C'est la seule façon de te le faire quitter. Ce n'est pas très compliqué. Il suffit de prendre son temps pour rétablir le contact que tu t'acharnes à couper. Bien sûr, il faut renoncer à tout projet personnel. Je te ramasse là où tu es. Je t'assois sur moi à califourchon et nous entrons dans une sorte de bercement. Puis, je chantonne une chanson dont les mots parlent de toi. Tu écoutes et commences à poser des questions. Nous rétablissons un autre ordre. Nous découvrons d'autres chemins où tu joues, t'intéresses. Tu partages. Parfois même tu ris. Ce travail que nous faisons ensemble ne se voit pas de l'extérieur. Il n'y a pas d'heures ni de jours pour l'accomplir. Ce sont toutes les heures de tous ces jours qui passent. Tous ces jours de ces quatre années qui viennent de s'écouler. Ces quatre années où je n'ai pas écrit une ligne, car tu criais trop fort. Mais, n'était-ce pas le prix à payer ? Tu es pour moi la plus terrible des pages blanches. Si j'écris ton nom à chaque paragraphe de ce livre, c'est parce que beaucoup de ma vie reste attachée à la tienne. Je ne suis pas encore sortie de ton orbite. Ni toi de la mienne.

Tu étais âgé de quatre ans. Je t'ai dit, m'agenouillant devant toi : – Apprends-moi tes secrets. – Tu m'as dévisagée gravement et me prenant par la main tu m'as fait monter au premier étage où sont toutes les chambres si pleines d'amis et de visiteurs les mois d'été. Ce jour-là, elles étaient vides et pourtant bruissantes du souvenir des êtres qui y passèrent. Tu pousses chaque porte. Ton regard ne me quitte pas. Je sais que je ne dois pas parler. Au milieu de la pièce, après avoir regardé en silence les murs, les plafonds, les meubles, tu mets ton doigt sur la bouche et dis : – Chut ! – Puis, d'un air pénétré, ne me quittant pas des yeux toi qui refusais de parler quand il y avait du monde, toi qui t'exprimais par onomatopées tu murmures : – Ecoute le silence. – Dans chaque chambre tu feras de même. Dans le couloir, tu marches sur la pointe des pieds comme un funambule. On dirait que tu contournes des obstacles invisibles pour moi, comme s'il y avait un ordre mystérieux à ne pas déranger. Tu avances tel un lutin, le doigt posé sur la bouche. Tu entres dans une chambre où passent la plupart des tuyaux du chauffage central. Tu me demandes d'y coller l'oreille : – Ecoute l'eau dans les tuyaux… Ecoute ce bruit. – Nous restons assis des heures, l'oreille aux tuyaux. Après, il me faudra ramper jusque dans la salle de bains où je ferais couler de l'eau dans le lavabo. Là aussi, tu m'invites à écouter l'eau qui s'écoule dans les tuyaux. Le plus difficile pour moi, ce n'est pas d'entrer dans ton monde, c'est d'en sortir. Parce qu'il faut bien en sortir pour faire autre chose. Après une telle communion, de telles effusions dans le silence, le plus dur c'est de supporter tes cris quand je te demande de réintégrer notre monde. Bien plus que de ton silence c'est de tes cris que j'ai souffert. Il va falloir que j'accepte ta soudaine déraison, tes cris de bête qu'on égorge, tes regards assassins, tes coups de pied, ton corps révulsé qui se débat, alors que je te porte pour descendre l'escalier. Tu n'es sensible à aucun baiser, à aucune parole. En quelques secondes, tout bascule vers l'horreur. Durant ces quatre années, il en sera ainsi. Comme après un cyclone, il me faudra sans trêve reconstruire.

M'occuper de toi m'a modifiée profondément. J'ai l'impression d'avoir été incarcérée. Quelque chose du bagne. De l'hôpital. De la vie forcée, réduite, entre un lit, un lavabo. Mais c'est toujours dans la réduction de moi-même que j'ai trouvé la force d'écrire. Loin, si loin de la joie, de l'insouciance. Tout près d'un constat glacé. Ecrire quand on a toute une famille autour de soi, sortir de son lit à quatre heures du matin, glisser dans le couloir, une lampe de poche à la main, évitant les écueils, jouets qui traînent, chaussures d'enfants, c'est un pas vers la liberté. J'ai toujours trouvé formidablement égoïste de me lever très tôt quand je ne suis pas seule dans mon lit. On vole beaucoup à l'autre. Je connais des hommes qui ne se posent jamais cette question. Cela n'a rien d'admirable de se lever à quatre heures du matin pour écrire. C'est la meilleure heure. La plus pure. La plus lisse. La plus fluide. La plume glisse sans s'arrêter jusqu'à la naissance du monde encore caché. Le bruissement des arbres pour soi seule. Les premiers cris d'oiseaux. Un peu plus tard quand le ciel blanchit, le chant du coq, pour moi, signe de résurrection. Appel à une vie joyeuse. Dans l'air bat comme un bruit d'enclume. Commence une vie simple où tout s'attacherait à la confection du pain. La toilette. Le marché. Une vie sans histoires où le linge des enfants serait lavé, repassé par d'invisibles servantes au grand cœur, glissant dans la maison à pas feutrés. Les enfants encore lourds de sommeil auraient le poids des grappes et cet air de joie triomphante comme sur les peintures de l'école florentine, où je rêve parfois d'entrer pour y demeurer définitivement.

Elle est venue pour mettre fin à cette peine aveugle et coupante. L'absence. Sans nom. Sans visage. Elle est venue pour mettre fin à l'intolérable désir de partager. A chaque passage d'avion, le ciel résonne comme l'antre d'un ferblantier. Trop vaste. Trop blanc. Elle se souvient de l'homme dans l'alcôve, se cognant la tête aux étoiles, bandant pour l'éternité, si tendre, sa main passée sous le ventre de la femme. Elle n'a pas peur de mourir, si c'est pour le retrouver. Nue, elle considère son corps de lépreuse. Sur ses mains, son ventre, ses cuisses, les ravages du Mycosis. La peau se soulève et se boursoufle, se détache comme des écailles. Rougit. Suinte. Inguérissable blessure. Des ulcères se forment et se nécrosent. D'elle, s'exhale l'odeur de son cadavre. Elle ne pleure pas sur sa beauté massacrée, mais sur l'amour perdu, et contre sa peau d'opale, le souvenir de son nouveau-né. Elle sait la fosse qu'il faudra creuser. Elle entend la pelle qui racle le sol. La terre remplira sa bouche.

Elle se laisse glisser vers l'étang aux berges odorantes de sperme comme les flancs de l'homme à l'alcôve. Elle glisse nue se retenant à peine aux herbes filantes qui lui scient les doigts. L'eau noire l'attire comme un lit clos. Elle glisse dans le marécage tiède et moiré où fermente une improbable résurrection. Certaine que cessera sa douleur. Elle coule au fond. Ombles et tanches frôlent ses cuisses et s'enfuient traînant dans leur sillage de bronze des voiles de semence qui s'accrochent aux roseaux, aux branches basses et pourrissantes. Loin, très loin du désir, son corps touche la vase. Longue et cruelle, une lamproie se faufile, serpent à peau lisse et gluante dont la bouche est faite pour sucer et tout le corps s'enfoncer. Les poumons de Blanche se vident lentement. Elle a maintenant perdu jusqu'à sa voix. Le soir tombe. Sur le marais s'élève le concert de tout un bestiaire cherchant sa nourriture, copulant, chantant. Pour le promeneur, s'il en était un, ces rides à la surface de l'eau, c'est une aile de libellule qui zèbre de temps à autre l'étang.

Sylvestre pousse la porte de la chambre où j'écris et dit : – Il fait beau dehors. Je vais jouer. – Puis, s'approchant : – Maintenant, on peut de nouveau m'appeler Jean. –

Saint-Julien, mai 1986-avril 1990.

BABEL

Extrait du catalogue

693. GEORGE SAND
Nanon

694. FIONA CAPP
Surfer la nuit

695. CHRISTIAN GOUDINEAU
Le Voyage de Marcus

696. NORMAND CHAURETTE
Scènes d'enfants

697. VÉRONIQUE OVALDÉ
Les hommes en général
me plaisent beaucoup

698. OLIVIER PY
Paradis de tristesse

699. CLAUDE PUJADE-RENAUD
Les Enfants des autres

COÉDITION ACTES SUD – LEMÉAC

Ouvrage réalisé par l'Atelier graphique Actes Sud. Achevé d'imprimer en mai 2013 par Normandie Roto Impression s.a.s., 61250 Lonrai sur papier fabriqué à partir de bois provenant de forêts gérées durablement pour le compte d'ACTES SUD Le Méjan Place Nina-Berberova 13200 Arles.
Dépôt légal 1re édition : août 2005.
N° impr. : 132136
(Imprimé en france)